Ullstein Krimi

Tucker Coe

Das hab ich nicht gewollt

Ein Mitch-Tobin-Roman

Übersetzt von Martin Lewitt

Ullstein Krimi

Ullstein Krimi
Lektorat: Georg Schmidt
Ullstein Buch Nr. 10424
im Verlag Ullstein GmbH,
Frankfurt/M – Berlin
Titel der englischen Originalausgabe:
Murder Among Children

Neuauflage des Ullstein Krimis 1225

Umschlaggestaltung & Fotorealisation:
Welfhard Kraiker & Karin Szekessy

Printed in Germany 1986
Gesamtherstellung:
Ebner Ulm
ISBN 3 548 10424 X

Januar 1987

Vom selben Autor
in der Reihe der
Ullstein Bücher:

Auf totem Gleis (10418)

CIP-Kurztitelaufnahme
der Deutschen Bibliothek

Coe, Tucker:
Das hab ich nicht gewollt: e. Mitch-Tobin-Roman / Tucker Coe. Übers. von Martin Lewitt. – Neuaufl. d. Ullstein-Krimis 1225. – Frankfurt/M; Berlin: Ullstein, 1987.
(Ullstein-Buch; Nr. 10424: Ullstein-Krimi)
Einheitssacht.: Murder among children ‹dt.›
ISBN 3-548-10424-X
NE: GT

1

Drei muntere kleine Burschen kamen rechts die Straße herunter galoppiert. Sie schnatterten auf italienisch vor sich hin, ruderten mit den Armen in der Luft, einer kicherte lauter als der andere. Als sie dicht vor mir waren, sah der Kleinste auf und rief mir etwas zu. Ich hatte natürlich keine Ahnung, was er sagte, aber die drei grinsten mich so komisch an, daß ich gegen meinen Willen auch lachen mußte. »Na, ihr Banditen?« Da waren sie auch schon an mir vorbei. Die Ampel wechselte auf Grün, ich überquerte die Straße und ging meines Weges. Der führte mich durch den unteren Teil von Manhattan, zwischen Greenwich Village und dem Hudson River.

Ich befand mich jetzt in der Charles Street. Nach einigem Suchen entdeckte ich, daß mein Ziel noch zwei Ecken weiter unten lag. Zwischen Frachthöfen und bulligen Lagerhäusern ragten dort vier hohe Backsteinmietskasernen empor. Sie standen da wie vergessene Steine auf einem uralten Monopolybrett. Ich mußte, wie sich herausstellte, in das letzte dieser Häuser. Der Bau unterschied sich von seinen Geschwistern in zweifacher Hinsicht. Einmal fehlte hier die hohe Eingangsterrasse. Dann gab es im Erdgeschoß auch kein Geschäft, wie bei den drei Nachbarhäusern. Die großen Schaufenster waren hier vielmehr schwarz übertüncht. Auf das Schwarz hatte jemand mit ungeübten Pinselstrichen Figuren gemalt. Sie sollten Leute an runden Tischen darstellen. Auf jeder Scheibe prangte so ein schreckliches Gemälde. Über der Tür hing ein Schild, ebenfalls schwarz, das in weißen, orientalisch angehauchten Lettern verkündete: OSTBLICK-CAFE.

Ich blieb einen Augenblick stehen und sah mich um. Es war Sonntag, ein heißer, stickiger Tag, spät im August. Die Sonne knallte auf die menschenleeren Straßen. Außer diesen vier Mietskasernen war weit und breit kein Wohnhaus in Sicht, und die Warenhäuser und Lagerschuppen hatten sonntags natürlich keinen

Betrieb. Um diese Zeit sollten im ganzen Manhattan ohnedies nur wenig Leute sein. Wer nicht in den Ferien war oder sich am Strand aalte, der lag zu Hause in verdunkelten Räumen, gleich neben dem Ventilator. Selbst in der U-Bahn, mit der ich von Queens in die Stadt gekommen war, hatte nicht viel mehr Leben geherrscht als hier in dieser trostlosen Sonnenhölle.

Als ich schließlich die Tür aufstieß und ins Café trat, dachte ich erst, daß auch hier alles verlassen war. Ich schien das einzige lebende Wesen weit und breit zu sein. Es war ein trüber Raum, den die gleißende Helligkeit draußen noch düsterer erscheinen ließ. Ich blieb gleich hinter der Tür stehen, blinzelte und versuchte, in dem Dämmerlicht Einzelheiten zu erkennen.

Ich stand in einem langgezogenen schmalen Raum. Die Längswände aus unverputzten Backsteinen waren mit großen Fotos und abstrakten Gemälden bepflastert. Die Betondecke war schwarz getüncht. Mehrere Kugellampen schimmerten matt. Die Gäste sollten sich offenbar schon beim Lesen der Speisekarte die Augen verderben. Aber beim zweiten Hinsehen war die Einrichtung doch zu erkennen. Tische in Dreierreihen, Stühle verschiedenster Machart, bunt durcheinander gewürfelt. Auf jedem Tisch stand in der Mitte ein bauchiger Zuckertopf, daneben kleine Streudosen mit Pfeffer und Salz. Mir gegenüber, an der Schmalseite des Raumes, zog sich eine hüfthohe Theke entlang. Dahinter stand die Tür zur Küche offen. Dort schien es wesentlich heller, aber ebenso menschenleer zu sein.

Ich ging ein paar Meter weiter ins Café hinein, machte vor einem der Tische halt und rief: »Hallo? Ist hier jemand?«

Weiter hinten im Dämmerlicht kam plötzlich Bewegung auf. Am letzten Tisch in der äußeren rechten Reihe erhob sich ein Mann. Er ging langsam auf mich zu und fragte: »Wollten Sie was, Mister?«

Der erste Eindruck war Achtung gebietend: ein Bursche von geballter Männlichkeit. Dickes braunes Haar, struppiger Schnurrbart, weite, bequeme Hosen, kastanienbrauner Rollkragenpullover. Als Schürze diente ihm ein schmutziges, weißes Handtuch, das er oben in den Gürtel gesteckt hatte. Er war groß und sah äußerst kräftig aus. Seine ganze Erscheinung schien zu sagen: Achtung, hier kommt ein Kerl!

Aber als er näher kam, bröckelte dieser Eindruck langsam ab. Zunächst merkte ich, daß der Bursche viel jünger war, als es zuerst ausgesehen hatte. Zwanzig, höchstens einundzwanzig. Und seine Augen verrieten alles andere als geballte Männlichkeit. Sie blickten jung, etwas bockig und sehr unsicher in die Welt.

»Ich möchte Robin Kenelly sprechen«, eröffnete ich ihm.

Er wurde sofort mißtrauisch. »Was wollen Sie von ihr?«

Seine Reaktion hatte für mich nichts Überraschendes. Im Laufe der Jahre hatte ich dasselbe tausendmal beobachtet. Es war wie unangenehmer Körpergeruch: Ich stank nach Cop. Der Bursche hatte sofort den Polizisten gewittert, und das hieß für ihn äußerste Vorsicht, Skepsis, eisiges Schweigen. Diesen Geruch, der die Leute scheu und verschreckt machte, würde ich wohl nie ablegen. Daran hatte sich auch nichts geändert, als mir die Polizeidirektion damals die Dienstmarke abnahm und mich mit einem Fußtritt hinaus jagte. Der Bullengeruch blieb haften wie eine zweite Haut, und das macht die Farce meines Lebens nur noch absurder.

Um mich als harmloser Zivilist auszuweisen, sagte ich: »Ich bin mit Robin Kenelly verwandt.«

Er sah mich erstaunt an. »Sind Sie etwa der Vetter?«

»Vetter zweiten Grades, jawohl.«

»Ich dachte ...« Er machte eine vage Geste. Dann sah er über die Schulter zurück, als erwarte er Hilfe in dieser verworrenen Situation.

Ich baute ihm die Brücke. »Vettern und Cousinen müssen nicht unbedingt gleichen Alters sein«, erklärte ich ihm. »Robin Kenelly ist die Enkelin meiner Tante. Ist sie da?«

Er schien erleichtert. »Klar, ist sie. Oben in Terrys Bude.«

»Wie komme ich da rauf?«

»Hier hinten durch, ich führe Sie.« Er drehte sich um. Im Gehen, über die Schulter, meinte er: »Wissen Sie, ich dachte, Sie wären so'n ganz Junger, ich weiß nicht, warum. Aber das dachte ich wirklich.«

Darauf gab es nichts zu antworten. Wir marschierten hintereinander durch den langen Raum und kamen in die Küche, die im Kontrast geradezu gleißend hell erschien.

»Da hinter der Tür ist die Treppe.«

Der junge Mann wies mir mit einer Handbewegung den Weg. Aber ehe ich die Tür erreicht hatte, wurde sie von außen geöffnet. Robin Kenelly kam herein. Sie war über und über mit Blut beschmiert. Von dem Messer, das sie in der Hand hielt, tropfte es dunkelrot.

»Da is' was da oben.«

Sie sprach die Worte deutlich und klar aus, ehe sie zusammenbrach.

2

Ich hatte Robin Kenelly erst einen Tag vorher kennengelernt. Sie war aus heiterem Himmel bei uns in Queens hereingeplatzt. Ich arbeitete gerade hinten im Hof an meiner Mauer, als Kate erschien und mir mitteilte: »Vorn im Haus ist ein Mädchen, das dich sprechen will.«

Das sagte mir zunächst gar nichts. Immerhin, für einen Augenblick meldeten sich die alten Schuldgefühle wieder. Aber dafür gab es ja keinen Grund mehr. Jetzt war das ohnehin alles vorbei. Mein Schuldkomplex gehörte zum früheren Leben und hatte mit der Gegenwart nichts zu tun. Ich stützte mich auf meine Schaufel und fragte: »Ein Mädchen? Wer denn?«

Ich stand in meinem Graben und sah zu Kate hoch, eigentlich recht ärgerlich über die Störung. Der Graben, das war eine wichtige Angelegenheit, die meine ganze Aufmerksamkeit erforderte. Wenn man nämlich eine Mauer bauen will, eine solide, dauerhafte Mauer, dann ist der Graben beinahe das Wichtigste. So eine Mauer, die muß nämlich in der Erde anfangen. Möglichst tief und auf jeden Fall unterhalb der Frostgrenze. Ich hatte das wohl beachtet und mir die nötige Zeit für meinen Graben genommen. In den letzten paar Monaten war ich langsam, aber sicher voran gekommen. Schritt für Schritt, wobei ich das fertige Stück immer gleich mit einer Betonschicht ausgelegt hatte, damit der Regen die Arbeit nicht wieder zunichte machen konnte. Es drängte mich ja nichts, und so hatte ich vielleicht nur ein oder zwei Tage die Woche gearbeitet. Aber auf die Sorgfalt kam es an, das war das Wichtigste. Und die Mauer, sie mußte einfach entstehen, denn mein Leben brauchte einen Halt und eine Abschirmung.

Was Kate über meine Mauer denkt, weiß ich nicht. Genau genommen weiß ich nicht einmal, was sie über mich denkt. Kate ist meine Frau, und sie hat sich damals entschlossen, weiter bei mir auszuhalten. Dafür bin ich dankbar, aber nach den Motiven frage ich lieber nicht. Wie ich mich überhaupt hüte, meinem Behelfsleben, das ich notdürftig aus den Trümmern zusammengebastelt habe, allzu tief auf den Grund zu gehen. Ich habe Angst, das ganze schiefe Kartenhaus könnte zusammenklappen. Also bewege ich mich äußerst vorsichtig, wie auf dünnem Eis.

Kate berichtete: »Sie ist eine Cousine von dir. Robin Kenelly.«

»Eine Cousine? Nie von ihr gehört.«

»Jedenfalls sagt sie, ihre Mutter wäre deine Cousine Rita Gibson.«

Dieser Name war mir allerdings ein Begriff. Ich war zwar nie ein Familienmensch gewesen, aber aus meiner Kindheit schwebte mir dunkel das Bild eines schlaksigen, dürren Mädchens mit pechschwarzem Haar vor: meine Cousine Rita Gibson. Die Tochter von Tante Agnes Gibson.

»Na schön. Sag ihr, ich komme in ein paar Minuten. Muß mich erst waschen.«

»Ist gut.«

Kate ging mir voran ins Haus. Ich stellte meine Schaufel und die Wasserwaage an den Hintereingang, streifte meine Arbeitshandschuhe ab und folgte ihr.

Kate war mit dem Mädchen schon im Wohnzimmer. Ich hörte die beiden sprechen. Um zur Treppe zu kommen, mußte ich an der Wohnzimmertür vorbei. Ich sah nicht hinein und ging schnell nach oben. Dort wusch ich mich und zog andere Sachen an. Als ich wieder nach unten kam, hatten Kate und das Mädchen ihren Schwatz in die Küche verlegt. Das Mädchen saß am Küchentisch, an meinem Stammplatz natürlich. Kate bereitete Kaffee.

Obwohl es nicht die geringsten Gründe dafür gab, fühlte ich sofort eine unbestimmte Animosität gegenüber dem Eindringling. Vielleicht lag es daran, daß Robin für einen Augenblick die alten Schuldgefühle in mir geweckt hatte. Vielleicht war ich auch nur sauer, weil sie an meinem Stammplatz saß. Und außerdem war sie sehr jung und sehr hübsch.

Ich schätzte ihr Alter auf achtzehn. Sie war schlank, zierlich gebaut und hatte einen schmalen eleganten Hals. Ihr Haar war weich und schimmerte schwarz. Sie trug es gerade und lang herabfallend wie die Folk-Singer, und auf ihrem feingeschnittenen Gesicht fehlte jegliches Make-up. Sie hatte große, braune und sehr intelligente Augen. Ein recht konservativ geschnittenes, blaßgrünes Kostüm mit weißer Bluse ließ vermuten, daß sie es auf einen gesetzten Eindruck abgesehen hatte. Offenbar war der Grund ihres Besuchs für sie äußerst wichtig.

Ich versuchte, meine alberne Antipathie zu unterdrücken, und ging in die Küche. »Guten Tag.«

Mit einer elastischen Bewegung sprang sie auf. »Guten Tag«, erwiderte sie scheu. Ihr Lächeln war verlegen und vertrauensselig zugleich.

»Ich weiß nicht, wie ich Sie nennen soll. Vetter Mitchell? Mr. Tobin?«

»Sagen wir doch einfach Mitch. Und du bist also Robin?«

»Ja. Robin Kenelly. Meine Mutter ist . . .«

»Ja, ja, ich weiß.«

An ihrem Gesichtsausdruck sah ich, wie grob ich in ihren Augen gewesen war. Es tat mir dann doch leid, und ich versuchte schnell, die Sache wieder ins Lot zu bringen. Grinsend sagte ich: »Setz dich doch, setz dich. Mit einem Vetter braucht man nicht so förmlich umzugehen.« In diesem Augenblick brachte Kate die Teller und Tassen und rettete damit die Situation. Ich setzte mich dem Mädchen gegenüber, aber mir fiel kein Gesprächsthema ein.

Gute Kate, auf sie konnte ich mich verlassen. Während sie in der Küche hin und herhuschte und den Kaffee bereitete, die Plätzchen holte, plauderte sie ungezwungen drauf los. Sie entlockte dem Mädchen alle Einzelheiten über Mutter, Großmutter und die ganze Verwandtschaft, obwohl ihr die Namen nicht das geringste bedeuteten.

Als wir schließlich alle drei am Tisch saßen, ließ Kate die Unterhaltung versickern, und nach ein paar Minuten sah mich das Mädchen groß an.

»Na ja, ich fürchte, ich muß jetzt zur Sache kommen.«

»Laß dir nur Zeit«, beschwichtigte ich. »Nimm noch ein Plätzchen.«

Sie nahm eins, aber führte es nicht seiner Bestimmung zu. »Wissen Sie . . ., weißt du, Mitch«, sagte sie gedehnt. Sie sah sehr jung und sehr ernst dabei aus. »Weißt du, ich bin die einzige von uns, die Verbindung zu einem Polizisten hat.«

»Ich bin kein Polizist«, fiel ich schroff ein. Ich sah, wie Kates Gesicht versteinerte, und merkte, daß ich mich schon wieder daneben benommen hatte. Also fügte ich freundlicher hinzu: »Aber immerhin kenne ich noch ein paar Polizisten. Wozu brauchst du denn einen?«

»Das ist sehr schwer zu erklären«, meinte sie gedehnt. »Für dich hört sich das alles sehr verworren an. Mein Freund – ich habe nämlich einen Freund –, Terry Wilford, der macht ein Café auf. In Greenwich Village, weißt du, ein Künstlercafé. Terry und drei von den Jungs. Sie haben ihr Geld zusammengelegt. Damit haben wir ... damit haben sie einen alten Laden gemietet. Natürlich hatten sie auch Glück dabei. Die Miete ist billig, und außerdem können sie aus dem Vertrag wieder aussteigen, wenn der Laden in drei Monaten noch nicht läuft.«

Sie wußte offenbar selbst, daß das alles ziemlich durcheinander ging. Jedenfalls hatte sie den Keks weggelegt und die Hände zur Hilfe genommen. Ihre großen Augen hingen beim Sprechen flehentlich an mir. Ich konnte sie mir gut vorstellen, sie und ihre Freunde, an einem Tisch in ihrem komischen Künstlercafé. Aber hier, in unserem altmodischen und behäbigen Haushalt, wirkte das Mädchen wie ein Fabelwesen aus einer unbegreiflichen Welt.

Immerhin hatte ich das Gefühl, auch einmal etwas sagen zu müssen. Also meinte ich: »Das hört sich gerade so an, als hättet ihr schon einen Rechtsbeistand. Ich weiß nicht, wo eure Sorgen liegen, aber habt ihr sie schon mit dem Anwalt besprochen?«

»Ach so, George. Er ist kein wirklicher Anwalt.« Sie lächelte plötzlich. »Eigentlich ist das ganz ulkig. Georges älterer Bruder arbeitet bei der Post, aber er besucht einen Abendkurs an der Universität. Schon seit neun Jahren studiert er Jura, aber George meint, er wird es nie schaffen. Immerhin ist es ganz bequem für uns. Wenn wir juristische Probleme haben, geht George hin und fragt seinen Bruder. Aber in dieser Sache wird uns das nicht viel weiter helfen.«

»Warum nicht?«

»Na ja ... es ist so: Wir haben letzten Montag eröffnet. Zwei Tage später, Mittwoch, tauchte ein Mann auf, ein Polizist. Er wollte nicht sagen, was er im Schilde führte, er stand nur so komisch herum und fragte nach den eigenartigsten Dingen. Er war äußerst unangenehm und steckte voller Anspielungen. Als ob wir irgendwelche dunklen Sachen machten und er uns auf die Schliche gekommen wäre. Aber er sagte nichts Direktes. Er meinte nur immer wieder, es wäre doch zu schlimm, wenn unsere Bude geschlossen werden müßte.«

»Trug er Uniform?«

»Nein. Aber George forderte ihn auf, sich auszuweisen. Er war wirklich Polizist. Von der Kripo.«

»Na schön. Und wie ging die Sache aus?«

»Am Mittwoch? Da ging er nach einiger Zeit schließlich. Aber am Donnerstag abend war er wieder da. Diesmal ritt er auf eine etwas andere Tour. Er sagte, die Leute müßten in ihre Umgebung passen, und wenn sie das nicht täten, dann müsse man Maßnahmen ergreifen. Gestern abend tauchte er dann wieder auf. Das war sehr unangenehm. Er ging an den Tischen herum und verlangte, daß alle Kunden den Ausweis zeigten. Und dann immer diese gemeinen Anspielungen. Zum Beispiel, weil Terry oben seine Bude hat. Und am Donnerstag war ich gerade oben. Als ich dann wieder runter kam, wollte er von mir wissen, ob das so weiter gehen sollte, unten Café, oben Absteige. Und solche gemeinen Sachen mehr.«

Ich spürte, daß Kate mich ansah. Cops auf der Suche nach einem Nebenverdienst – wie oft hatten Kate und ich uns während meiner Dienstzeit über diese Auswüchse aufgeregt. Und Robin Kenellys Geschichte trug all die bekannten Merkmale. Ich fragte: »Und was geschah dann weiter?«

Sie machte eine hilflose Gebärde und sah dabei sehr jung aus. »Weißt du, George meint, er ist auf Geld aus. Auf Schmiergeld. Das sagte jedenfalls sein Bruder, der Jurastudent. Und ein wenig haben wir von solchen Sachen ja auch schon mitbekommen. Ich meine, als wir dabei waren, für unser Café die nötigen Genehmigungen zu beschaffen. Da mußten hier und da komische Beträge bezahlt werden, die wahrscheinlich nachher in keinen Büchern auftauchen. Eines Tages erschien ein Mann von der Brandwache und machte uns die Hölle heiß. Wir hätten zu wenig Feuerlöscher und nicht genug Notausgänge. Georges Bruder nahm sich seiner an und steckte ihm schließlich fünfzig Dollar zu. Aber dieser Polizist, der ist doch irgendwie anders. Richtig unheimlich. Wir haben alle Angst, ihm Geld anzubieten. Denn wenn er am Ende gar nicht darauf aus ist, was dann? Dann sitzen wir erst recht in der Tinte.«

»Also habt ihr ihm keine Bestechung angeboten?«

Sie schüttelte den Kopf. »Wir sind keine Zyniker, Mr. Tobin«, antwortete sie und vergaß in der Aufregung ganz, daß sie mich ja Mitch nennen sollte. »Aber wir wissen genau, daß man sich anpassen muß, wenn man etwas erreichen will. Man kommt eben nicht drum herum, manchen Leuten heimlich etwas zuzustecken. Aber dieser Polizist ist so eigenartig, da haben wir einfach Manschetten. Wir wissen nicht, wie viel wir ihm zustecken müßten, ja nicht einmal, ob er überhaupt etwas haben will. Und

Georges Bruder hat es bisher rundweg abgelehnt, ihm Geld anzubieten. Wenn das nämlich schief geht, dann sitzt er schwer im Dreck. Wir alle, übrigens.«

»Was könnte er denn sonst im Schilde führen, wenn er kein Geld will?«

Sie zögerte und wollte offenbar nicht so recht mit der Sprache heraus. Als sie sich schließlich zum Reden entschloß, merkte ich, daß sie dabei meistens Kate ansah. »Wißt ihr, manche Leute, manche Polizisten, aber auch andere, die sind auf uns junge Leute im Village nicht gut zu sprechen. Die mögen uns einfach nicht. Für die sind wir alle Beatniks und Strolche. Viele Polizisten behandeln einen Burschen schon schlecht, nur weil er einen Bart hat. Oder ein Mädchen, wenn es die Haare lang trägt und in der Gegend da haust. Für solche Leute sind wir nur eine nichtsnutzige, unmoralische Bande. Vielleicht ist es hier genau dasselbe. Der Kerl will uns das Leben schwermachen, weil er uns einfach nicht riechen kann. Und wenn es so ist, wäre es natürlich der größte Fehler, ihm Geld anzubieten. Das würde die Sache nur noch verschlimmern.«

»Und dein Freund Terry? Denkt er das auch?«

Robin senkte die Augen und wurde rot. »Terry glaubt, er will ein Mädchen.«

»Dich?«

»Vielleicht mich. Oder irgendein Mädchen. Terry sagt, für solche Leute ist jeder, der in einem Künstlercafé sitzt, gleich ein Apostel der freien Liebe.«

»Also Terry glaubt, der Mann will eine andere Bestechung als Geld?«

Sie nickte.

»Und du willst meine Meinung dazu hören? Deswegen bist du hier?«

»Ja, deswegen auch«, sie zögerte. »Aber . . .« Sie sah Kate hilflos an.

Kate griff erstmals in die Debatte ein. »Mitch, was hältst du davon? Ist der Mann auf Schmiergeld aus?«

»Es hört sich fast so an«, erwiderte sie. »Natürlich könnte es auch etwas anderes sein. Aber wahrscheinlich ist es das.«

Kate wandte sich an das Mädchen. »Und du möchtest, daß Mitch mit ihm redet, stimmt's?«

Es verschlug mir die Sprache. Auf diesen Gedanken war ich nie gekommen. Ich hatte geglaubt, das Mädchen wollte nur meine Meinung hören. Natürlich, meinen Rat konnte sie haben. Die Sache hörte sich wirklich sehr nach einem Stinktier an, das auf Schmiergeld aus war. Das sein Wohlwollen von dem mehr oder weniger regelmäßigen Empfang eines kleinen weißen Umschlages abhängig machte. Aber das stand bisher noch nicht fest, und ich wollte den jungen Leutchen nichts sagen, was sie noch tiefer in die Tinte bringen konnte. Also war ich gerade am Grübeln gewesen, was ich Robin noch weiter fragen konnte, um die Sache aufzuhellen. Aber dabei war mir nicht im Traum eingefallen, daß diese neu entdeckte kleine Verwandte im Schilde führte, mich von meinem Haus und von meiner Mauer wegzulotsen und zum Handeln zu zwingen.

Aber genau das hatte sie offenbar vor. Und Kate hatte es erraten, Kate, die sich gut in die Lage anderer versetzen kann, lag wieder einmal richtig. Robin aber stürzte sich geradezu auf Kates Worte. »Ja, ja! Das wäre natürlich prima! Von uns kann doch keiner mit der Sache fertigwerden. Wirklich nicht.« Dann wandte sie sich an mich. Geradezu flehentlich sagte sie: »Würdest du das tun?«

Ich wand mich in meiner Falle. »Na ja ...« Wäre es nach mir gegangen, hätte ich das Haus unter keinen Umständen verlassen. Weder für Robin Kenelly noch für sonst irgend jemanden. Stimmt, vor ein paar Monaten war ich einmal raus gegangen. Aber was mich damals trieb, war der Zwang, Geld zu verdienen. Ich mußte einen Job annehmen, der es mir möglich machte, danach ein Jahr oder länger in meiner Höhle sitzen zu können. Aber das war das einzige Mal gewesen, und ich hatte keine Lust, das Abenteuer zu wiederholen.

Ich fühlte, wie Kate mich ansah, aber ich weigerte mich, darauf zu reagieren. Sie wollte, daß ich dem Mädchen half, das war ganz klar. Dabei war nicht einmal ausschlaggebend, daß Kate das Mädchen sofort ins Herz geschlossen hatte. Der Hauptgrund war ein anderer. Sie glaubte einfach, etwas Bewegung wäre besser für mich als hier nur so herumzusitzen. Da lag sie völlig falsch, aber das konnte sie ja nicht wissen.

Das Mädchen wiederholte: »Bitte, Mr. Tobin, wenn Sie doch nur kommen wollten! Alles, was wir besitzen, steckt in diesem Café. Wenn das pleite geht, sind wir ganz übel dran. Und wenn dieser Kerl weiter da auftaucht, haben wir bald keine Kunden mehr. Dann ist alles aus. Bitte, bitte, Mr. Tobin.«

»Wie heißt dieser Polizist?« wollte ich wissen.

»Edward Donlon«, antwortete sie. »Detektiv zweiten Grades.«

»Wie alt ungefähr?«

Sie zuckte die Schultern. »Keine Ahnung. Ich nehme an, so um die Fünfzig.«

Das hieß wahrscheinlich, so um die Vierzig oder etwas mehr. Denn junges Volk ist ganz groß darin, das Alter der Erwachsenen zu überschätzen. Ich fragte: »Wie sieht er aus?«

Bevor sie anworten konnte, fiel Kate ein: »Mitch, bitte, geh hin und sieh ihn dir selbst an. Es ist die einzige Möglichkeit.«

»Nicht unbedingt«, gab ich gedehnt zurück. »Er kann ja auch ganz harmlos sein.«

»Um so eher solltest du hingehen«, sagte Kate.

»Er will morgen wiederkommen«, warf das Mädchen ein. »Morgen. Sonntag nachmittag, hat er gesagt.«

»Dann kannst du ihn ja gleich unter die Lupe nehmen«, meinte Kate.

Ich wand mich immer noch. »Ich könnte ja auch ein oder zwei Leute anrufen.« Und zu Robin: »Ich habe immer noch Bekannte bei der Polizei. Zu welchem Revier gehört ihr?«

»Mitch, das kann doch nicht dein Ernst sein.« Kate war beinahe entrüstet. »Willst du die Sache nur noch schlimmer machen?«

Robin Kenelly sah uns abwechselnd an. Sie spürte offenbar immer mehr mein Zögern. Ihr Blick wurde unsicher. »Wenn du nicht willst, Mitch, dann . . .«

Aber ich hatte schon begriffen, daß es keinen Ausweg für mich gab. Ich würde der Sache ein oder zwei Tage opfern müssen. Denn das mit dem Anrufen bei der Polizei, das war natürlich nur so eine Wahnsinnsidee gewesen. Wie leicht konnte ich da an jemanden geraten, der mich und meine Vorgeschichte kannte. Allein der Gedanke daran trieb mir eine Gänsehaut über den Rücken. Obwohl die Wahrscheinlichkeit gering war. Schließlich arbeiteten mehr als zweitausend Leute bei der Polizei, und es gab wohl kaum zweihundert darunter, denen der Name Mitch Tobin etwas sagte.

Aber es half nichts. Ich mußte aus meinem Loch kriechen. Morgen würde mir nichts anderes übrig bleiben, als die U-Bahn nach Manhattan zu nehmen und mit diesem Bullen zu reden, der sich so verdächtig benahm. Ich konnte diese Kinder einfach nicht allein in ihrer Bude schmoren lassen. Natürlich hätte ich auch Robin Kenelly sagen können, daß all das sowieso keinen Sinn hatte. Denn

Bulle hin, Mitch Tobin her, das Café war in jedem Fall zur Pleite verdammt. Ich kannte das nur zu gut aus meiner Dienstzeit. Diese wackligen Unternehmen sprießten überall aus dem Boden, ganz besonders in und um Greenwich Village. Da machten sich junge Leute ans Werk, mit großer Begeisterung, aber um so nebulöseren Geschäftsvorstellungen. Es ging vielleicht ein paar Monate lang gut, aber dann kamen die Gläubiger, und das Ganze endete vor Gericht oder in einem Wust ungedeckter Schecks. Ich hätte Robin klipp und klar sagen können, daß auch ihr Café das erste Rechnungsjahr nicht überdauern würde.

Doch ich sagte nichts dergleichen, sondern nur: »Also gut, ich komme. Wann, hat der Kerl noch gesagt, daß er auftaucht?«

»Morgen nachmittag.«

3

Jetzt war es Sonntagnachmittag. Ein schöner Sonntagnachmittag. Ich stand im Ostblick-Café, und vor mir lag Robin Kenelly. Robin Kenelly, ohnmächtig, blutverschmiert, das Schlachtermesser noch in der Faust.

»Sperren Sie vorn zu!« rief ich dem Schnurrbartjüngling zu. »Wo ist das Telefon?«

Ich bekam keine Antwort. Da sah ich mir den Burschen an. Der stand nur da und starrte auf das Mädchen am Boden. Sein Gesicht war aschfahl, der Unterkiefer hing schlaff herab. Ich rüttelte ihn am Arm. »Reißen Sie sich zusammen. Los, schließen Sie die Eingangstür ab. Und sagen Sie mir endlich, wo das Telefon ist!«

Er fuhr auf, plinkerte mich an und schüttelte benommen den Kopf. Dann schien er endlich zu begreifen. »Telefon . . ., ja, natürlich«, flüsterte er. »Dort, an der Wand.«

»Okay. Jetzt gehen Sie und schließen Sie die Tür ab.«

»Jawohl, Sir.«

Er verschwand, und ich trat zum Telefon, wählte den Polizeinotruf, meldete mich mit vollem Namen und nannte die Adresse des Cafés. »Schicken Sie bitte sofort einen Streifenwagen, hier hat es Ärger gegeben. Sieht nach einer Messerstecherei aus. Wir brauchen auch eine Ambulanz.«

Ich legte auf und ging hinaus ins Café. Der Jüngling stand verloren an der Eingangstür. »Haben Sie abgeschlossen?« fragte ich.

Er sah mich mit aufgerissenen Augen an, als jagte ich ihm plötzlich eine entsetzliche Angst ein. »Ja.« Zum Beweis rüttelte er an der Klinke.

»Gibt es noch eine andere Treppe, irgendeinen anderen Weg nach oben?«

Er schüttelte den Kopf.

»Doch«, beharrte ich. »*Einen* Weg muß es mindestens noch geben: die Feuertreppe nämlich. Wo ist die, hinten?«

»Ja, hinten.«

»Und noch einen Weg? Denken Sie nach, Mensch.«

Er blinzelte. »Nein, keinen anderen Weg«, sagte er. »Nur die Treppe, die Treppe da. Und hinten die Feuerleiter.«

»Na gut. Bleiben Sie hier. Ich habe die Polizei benachrichtigt und einen Streifenwagen und die Ambulanz bestellt. Wenn sie kommen, machen Sie den Leuten auf. Aber lassen Sie sonst niemanden herein. Kapiert?«

Er nickte.

»Gut. Wie heißen Sie?«

»George«, erwiderte er, immer noch ganz benommen, »George Padbury.«

»Der Jurastudent ist also Ihr Bruder?«

»Ja.« Er war überrascht. »Ralph. Mein Bruder Ralph.«

»Wer ist jetzt oben?«

»Oben?«

»Ja, oben. Wer ist da? Soviel Sie wissen, jedenfalls.«

»Terry. Nur Terry.«

»Terry Wilford?«

Er nickte. »Ja, Terry. Er wohnt da.«

»Also einer der Mieter?« hakte ich nach.

»Der einzige Mieter. Sonst steht da oben alles leer.«

»Na schön. Bleiben Sie jedenfalls hier.«

»Jawohl, Sir.«

Ich ging schnell zurück in die Küche. Robin Kenelly war immer noch ohne Bewußtsein. Ihr Atem ging unregelmäßig, das Gesicht unter dem Blut war kalkweiß. Ich lief um sie herum. Zwischen Spüle und Herd befand sich eine weitere Tür. Ich stieß sie auf.

Sonnenlicht und glühende Hitze schlugen mir entgegen. Sofort brach mir der Schweiß wieder aus allen Poren.

Durch die Tür kam man in einen Hof, einen grauen, gleißenden Brutkasten, der von allen Seiten abgeschlossen war. Hohe

Mauern überall. Gegenüber, hoch oben, waren ein paar Fenster. Auf meiner Seite entdeckte ich eine Feuerleiter. Aber an den anderen Wänden war nichts. Also konnte von hier aus niemand aus dem Hof heraus, es sei denn, durch das Café. Die Fenster gegenüber lagen nicht nur gute drei Meter über dem Boden, sondern waren auch samt und sonders vergittert.

Die logische Folgerung war mir sofort klar. Seit Robin Kenellys gespentischem Auftauchen hatte niemand das Gebäude verlassen. Wäre jemand die Treppe herunter gekommen, die Robin benutzt hatte, so hätten wir ihn sehen müssen. Hätte sich aber jemand über die Feuerleiter heruntergemacht, so müßte er jetzt noch im Hof gefangen sitzen. Also: Wer immer sich vor fünf Minuten oben befunden hatte, war auch jetzt noch da.

Ich ging zurück in die Küche und schloß die Tür hinter mir. Robin versuchte gerade, sich aufzusetzen. Ihre Bewegungen waren unkontrolliert und unsicher. Ich ging hin und hockte mich neben sie, ohne sie aber zu berühren. Leise und eindringlich sprach ich auf sie ein.

»Kannst du mir sagen, wie es passiert ist?«

Robin erkannte mich nur mühsam. »Mr. Tobin . . .«

»Was ist oben vorgefallen?« Sie versuchte offenbar, sich zu konzentrieren. »Oben?«

»Erinnerst du dich nicht?«

Sie wollte sich mit der Hand übers Gesicht fahren, zuckte zurück und sah die Hand an. Sie war blutverschmiert. »Was ist passiert?« Ihre Stimme klang hoch und krächzend. »Was ist mit mir los?«

»Ich weiß nicht«, antwortete ich. »Bleib still sitzen, versuch nicht aufzustehen. Ich habe die Polizei angerufen.«

Sie starrte mich entsetzt an. »Bin ich verletzt?«

»Ich glaube nicht; es dürfte kaum dein Blut sein.«

Sie sah an sich herunter, und dann fiel ihr Blick auf das Messer neben ihr. Ich spannte unwillkürlich die Muskeln, aber sie griff nicht danach. Sie sah es mit großen, staunenden Augen an, als wüßte sie überhaupt nicht, wozu ein Messer gut sein konnte. »Aber . . .« Mehr brachte sie nicht heraus.

»Die Polizei muß gleich da sein. Wir werden jetzt ganz ruhig auf sie warten.«

Sie starrte weiter das Messer an und schien mich überhaupt nicht mehr zu hören.

4

Als erstes trafen zwei uniformierte Streifenbeamte am Tatort ein. Ich kannte sie beide nicht. George Padbury öffnete ihnen, und sie marschierten durch das Café in die Küche. Ich hatte dort gewartet, weil ich weder Robin Kenelly noch die Tür zur Treppe aus den Augen lassen wollte.

Ich wies mich den Beamten aus, verschwieg aber meine frühere Angehörigkeit zur Polizei. Dann schilderte ich ihnen, was geschehen war und was ich selbst unternommen hatte. Die Beamten nahmen das Heft in die Hand. Einer überprüfte meine Behauptungen, daß niemand über die Feuertreppe das Weite hatte suchen können. Anschließend gingen sie beide nach oben.

Auch George Padbury war jetzt wieder in die Küche gekommen. Sobald die beiden Beamten verschwunden waren, flüsterte er mir aufgeregt zu: »Was machen die jetzt?«

»Ich fürchte, sie werden zunächst einmal eine böse Überraschung erleben, oben.« Ich wandte mich Robin zu, die noch immer völlig benommen auf dem Boden saß. »Robin, was finden die beiden Polizisten dort oben?«

Sie sah mich nur stumm an. Wir warteten zu dritt und schweigend. Ich stellte ihr keine weiteren Fragen, es war klar, daß ich zumindest im Augenblick nicht das geringste aus ihr herausholen konnte.

Nach etwa drei Minuten kamen die Polizisten wieder herunter. Sie waren beide noch jung und sahen jetzt ziemlich blaß um die Nase aus. Einer ging weiter zur Eingangstür vorn, der andere wandte sich an mich: »Sie waren noch nicht oben?«

»Nein.«

Vorn entstand Bewegung. Zwei weißbekittelte Männer kamen rein, als der eine Polizist gerade hinaus wollte. Der andere Beamte, der hinten bei uns geblieben war, nahm sich jetzt Robin vor. »Wollen Sie eine Aussage machen?«

Sie reagierte nicht im geringsten, und ich sagte: »Sie sollten lieber erst die Leute von der Ambulanz nach ihr sehen lassen.«

Er blickte mich kurz an, ging dann ein paar Schritte ins Café und wandte sich an die Weißbekittelten. »Hier, seht sie euch mal an. Dann habe ich oben etwas für euch.«

Die beiden Sanitäter kamen in die Küche. Wir standen jetzt alle um das Mädchen herum. George Padbury war einen Schritt zurückgetreten und musterte uns mißtrauisch. Er glaubte offenbar, daß ihm jeder ans Leder wollte. Dem Polizisten war auch nicht gerade behaglich in seiner Haut. Er hoffte wohl auf schnelle Ablösung. Nur die Sanitäter, beide jung und energisch, strahlten Ruhe und Sicherheit aus. Ich selbst hätte mich am liebsten verkrümelt, denn dunkle Vorahnungen bedrängten mich. Ich steckte wieder einmal tief in einer Sache, der ich um alles in der Welt hätte aus dem Weg gehen sollen.

Einer der Sanitäter kniete sich vor Robin hin und fragte: »Ist sie verletzt? Was ist geschehen?«

»Ich glaube nicht, daß sie verletzt ist«, antwortete ich. »Scheint nur der Schock zu sein. Das Blut stammt von jemand anderem.«

Er sah kurz zu mir hoch. »Mordkommission?«

»Nein. Ich bin nur ein simpler Bürger und zufällig hier.«

Der Sanitäter wechselte einen vielsagenden Blick mit dem Polizisten. Dann wandte er sich wieder Robin zu. Er brachte sie schließlich so weit, daß sie die Fragen nach Namen und Adresse beantwortete. Aber als der Polizist sie dann nach den Geschehnissen oben fragte, war es, als ob hinter ihren Pupillen ein Gitter niederging.

»Wir sollten sie lieber mitnehmen«, sagte der Sanitäter.

»Nein«, erwiderte der Polizist. »Damit warten wir, bis die Jungs vom Revier da sind.«

Der Sanitäter zuckte die Schultern und stand auf. »Und oben ist noch was?«

»Allerdings.« Der Streifenbeamte sah mich an. »Warum setzen Sie sich dahinten nicht ein wenig hin?«

»Schon gut.«

George Padbury kam mit, und wir setzten uns an den Tisch, an dem ich ihn angetroffen hatte. Die beiden Sanitäter gingen nach oben. Robin Kenelly saß weiter auf dem Boden, und der Polizist hatte eine Position eingenommen, aus der er uns und sie gleichzeitig im Auge behalten konnte. Sein Kollege war immer noch draußen. Er gab die Nachricht wohl über Sprechfunk weiter.

Ich lehnte mich zu Padbury. »Wie lange sind Sie schon hier?«

»Heute?«

»Selbstverständlich.«

»Ach so, ich dachte, Sie wollten wissen, wie lange die Bude hier schon läuft. Seit ungefähr halb eins.«

Ich sah auf meine Uhr. Es war fünf vor zwei. »Wann haben Sie

Robin das letzte Mal gesehen? Ehe sie eben runter kam, meine ich.«

»Als wir herkamen.«

»Heute um halb eins?«

»Klar.«

»Also kamen Sie beide gemeinsam?«

»Wir drei. Robin, Terry und ich. Die beiden haben mich in meiner Wohnung drüben im East Village abgeholt. Ich bin mit ihnen gefahren.«

»Also trafen Sie alle zusammen ein? Wer war schon hier?«

»Niemand. Sonntags öffnen wir nicht vor drei.«

»Das Café war also geschlossen? Und leer?«

»Klar. Hier wohnt niemand außer Terry.«

Langsam bekam ich die ganze Geschichte aus ihm heraus. Nicht, daß er besonders mißtrauisch oder bockig gewesen wäre, aber er antwortete nie mehr, als er unbedingt mußte. Das verlängerte die Sache beträchtlich.

Was ich schließlich erfuhr, klang ziemlich schlecht. Der Hof hinten war in der Tat unzugänglich, seitdem vor kurzem ein Warenhaus an die vierte, bis dahin offene Seite gebaut worden war. Seither war auch die Feuertreppe auf der Rückseite des Cafés sinnlos. Das hieß gleichzeitig, daß die oberen Stockwerke des Hauses nicht bewohnt werden durften. Das Erdgeschoß natürlich war nicht gesperrt, weil es eine Seitentür hatte, die auf eine Nebenstraße führte.

Die letzten Jahre hatte das Gebäude einer kleinen religiösen Sekte gehört. Die Leute hatten die oberen Geschosse als Asyl benutzt, das Erdgeschoß als Versammlungsraum oder Kapelle. Sie hatten sich den Kasten nach ihren Wünschen und Bedürfnissen umgebaut. Diesen Plänen war auch die eiserne Außentreppe, die alle anderen Gebäude in der Gegend zierte, zum Opfer gefallen. Also gab es als Verbindung zwischen den einzelnen Stockwerken nur noch die Treppe im Inneren des Gebäudes und außerdem natürlich die Feuerleiter.

Aber nachdem das Warenhaus an die Rückseite gebaut worden war, hatte die Brandwache die Sekte benachrichtigt, daß sie das Gebäude nur dann weiterbenutzen durfte, sofern an der Vorderfront eine neue Feuerleiter angebracht wurde. Die Leute aber hatten genug und suchten sich ein anderes Quartier. Schließlich hatten sie das Erdgeschoß an Terry und seine Kumpels weitervermietet.

Der Vertrag enthielt eine Klausel, wonach beide Seiten ihn nach drei Monaten kündigen konnten.

Eine andere Vertragsbestimmung besagte, daß die oberen Stockwerke nur zu Lagerzwecken benutzt werden durften. Aber Terry Wilford hatte sich vom ersten Tag an über diese Vorschrift hinweggesetzt. Er hatte sich oben notdürftig eine Bude mit ein paar Möbeln eingerichtet und wohnte dort, seitdem die Umbauarbeiten am Café begonnen hatten.

Nicht so George Padbury, der hatte eine Wohnung in der Lower East Side. Terry Wilford und Robin hatten ihn an diesem Tag kurz nach zwölf Uhr mittags abgeholt. Zu dritt waren sie in Terrys Volkswagen zum Café gefahren. Als sie ankamen, war das Gebäude fest verschlossen. Nirgends gab es ein Anzeichen, daß sich jemand gewaltsam Zutritt verschafft hatte. Die drei jungen Leute hatten aufgeschlossen, Padbury war zur Arbeit in die Küche gegangen, während sich die beiden anderen nach oben begeben hatten. Von da an bis zu meinem Eintreffen eine Stunde später war niemand gegangen oder gekommen.

Ich fragte: »Hatten Robin und Terry häufig Streit miteinander?« Padbury sah mich entsetzt an, warf Robin einen kurzen Blick zu und fragte dann ungläubig: »Wollen Sie etwa sagen, daß *sie* das getan hat?«

»Nur zwei Leute sind nach oben gegangen«, gab ich zurück. »Und einer davon sitzt jetzt hier unten, über und über mit Blut beschmiert. Ich hörte einen Streifenbeamten zum anderen sagen, daß sich oben eine Leiche befindet. Das muß also Terry sein, und Robin muß die Tat begangen haben.«

Er schüttelte verstockt den Kopf. »Nein.«

»Wenn sie da oben nicht noch eine dritte Person finden, dann war sie es und niemand anders.«

Aber er schüttelte weiter energisch den Kopf.

5

Die nächste Stunde schlich vorüber. Ich saß fest, zum passiven Beobachten verdammt. Nach einiger Zeit waren die Detektive vom Revier aufgetaucht, zu zweit. Beide waren mir unbekannt. Sie ließen sich von einem der beiden Streifenbeamten berichten, schauten sich kurz um und machten dann Meldung. Etwas später kam auch der technische Stab. Im Café, der angrenzenden Küche und auf der Treppe nach oben herrschte jetzt reger Betrieb. Leute mit schwarzen Taschen rannten zwischen den Tischreihen auf und ab, die Sanitäter nahmen Robin Kenelly mit. Sie sah mich nicht an, als sie an mir vorbeigetragen wurde.

Zwei von der Mordkommission Süd kamen hereingeschneit und beschlossen, eine Weile zu bleiben. Auch das Revier schickte Verstärkung. Die Bude wimmelte jetzt von Polizisten. Ich wußte, daß es nur eine Frage der Zeit war, bis einer kam, der mich kannte – oder über mich Bescheid wußte.

Schließlich berührte mich Padbury am Arm. Er flüsterte aufgeregt: »Das ist er! Der gerade von der Treppe kommt.«

Ich sah hinüber. Dort stand ein großer schwerer Mann von ungefähr vierzig Jahren, in verknittertem braunen Anzug. Da er einen sehr ausgeprägten Unterkiefer hatte, sahen seine Stirn und die Augen kleiner aus, als sie in Wirklichkeit waren. Nur dieser ausladende Unterkiefer störte, sonst hätte man einen ansehnlichen Burschen vor sich gehabt, mit klar geschnittenen Gesichtszügen und schwarzem Haar.

»Ist das Donlon?« fragte ich.

»Ja, der Bulle, der uns hier dauernd belästigt hat. Das ist genau der!«

Donlon kam aus der Küche ins Café und ging an uns vorbei zur Eingangstür. Dort sprach er ein paar Worte mit dem Streifenbeamten, der Wache stand. Dann drehte er sich um und kam zurück, mit dem Gang eines Mannes, der sich in Form hält. Wahrscheinlich war er Mitglied in einem Turnverein. Diesmal blieb er auf unserer Höhe kurz stehen. Er erkannte Padbury. Dann fiel sein Blick auf mich. Er musterte mich von oben bis unten, wollte wohl etwas sagen, besann sich aber eines Besseren und ging weiter. Ich sah ihm nach. Er ging wieder durch die Küche in Richtung Treppe.

»Der Kerl macht mir angst«, bemerkte Padbury.

An sich gab es dafür keinen Grund. Der Mann sah wie ein ganz normaler Detektiv aus. Schön, er mochte etwas Bissiges an sich haben, aber das war ein Aushängeschild vieler Detektive, die Tag für Tag Verdächtige und feindselige Zeugen zu bearbeiten hatten. Nun, da ich ihn gesehen hatte, gab es für mich nicht mehr den geringsten Zweifel. Der Mann war auf einen Nebenverdienst aus gewesen, sonst nichts. Das roch man gegen den Wind.

Ein paar Minuten später traf der Wagen vom Leichenschauhaus ein. Vier Männer gingen an uns vorbei, sie trugen zwei große Kisten. »Wozu sind die?« wollte Padbury wissen.

»Für die Leichen.« Ich überlegte. »Warum zwei?«

Er sah mich mit weit aufgerissenen Augen an. »Warum fragen Sie mich das?«

»Weil Sie sagen, daß sonst niemand oben gewesen ist.«

»Das stimmt auch«, rief er.

»Wenn da oben aber nur eine Leiche liegt, wozu brauchen sie dann zwei Kisten?«

»Weiß ich doch nicht! Vielleicht hat man Terry zerstückelt, oder sonst was.«

Ich schüttelte den Kopf. »Zwei Kisten, das heißt zwei Leichen«, stellte ich fest. »Wer ist die andere?«

»Ich schwöre Ihnen, ich weiß es nicht«, rief er. »Ich schwör's bei Gott. Ich bin letzte Nacht um zwei Uhr hier weggegangen, und heute um halb eins wiedergekommen. Und wenn wirklich noch jemand da oben war, dann weiß ich nichts davon.«

»Und Sie selbst waren heute nicht oben?«

»Nein, Sir.«

»Hat Terry noch andere Freunde?«

»Nein, Sir, nur Robin. Sie hatte keinen anderen Freund.«

Die Männer vom Leichenschauhaus kamen zurück. Je zwei trugen eine Kiste, die beide jetzt offensichtlich recht schwer waren. Aus den Gesichtern war nichts abzulesen.

Ich sah ihnen durch die Eingangstür nach. Im nächsten Augenblick erschien wieder ein Detektiv, wollte durch den Gang an uns vorbei, blieb aber plötzlich stehen und sah mich an. »Mitch?«

Ich blickte auf. Das Gesicht kannte ich. Vor einem Dutzend oder mehr Jahren waren wir einmal im selben Revier gewesen. Ich erinnerte mich, daß er Gregg hieß, aber sein Nachname fiel mir nicht mehr ein. »Hallo, Gregg. Wie geht's?«

»Bist du hier auch zum . . .?« Er stockte plötzlich, musterte mich erstaunt, sah sich um, als suche er eine Erklärung. Erst jetzt war ihm offensichtlich meine Geschichte eingefallen.

Ich antwortete: »Ich bin nur als Zeuge hier. Ganz zufällig.«

»Na, so was«, meinte er. Die Sache wurde ihm unbehaglich. »Lang nicht mehr gesehen, was?«

»Du siehst blendend aus«, meinte ich. Irgend etwas mußte ich ja sagen.

»Dasselbe gilt für dich. Na, jetzt muß ich aber ran.« Er grinste gequält. »Dafür werd ich schließlich bezahlt.«

»Stimmt, Gregg.«

Er ging weiter, und etwas später sah ich ihn auf zwei Kollegen einsprechen. Die beiden sahen kurz in meine Richtung.

Ich kannte die Geschichte, die Gregg ihnen erzählte, nur zu gut. Daß ich ein Cop gewesen war, bei der Kripo und mein Brot in einem der großen Reviere verdiente. Bis zu dem Tag, als mein Kollege bei einer Festnahme erschossen wurde. Und er wurde erschossen, weil er allein war. Das verstieß gegen alle Regeln. Ich hätte bei ihm sein müssen, auch bei einer Festnahme wie dieser, die auf den ersten Blick so harmlos ausgesehen hatte. Aber ich war nicht bei ihm. Ganz im Gegenteil. In dem Augenblick, als mein Kollege starb, lag ich mit einer Frau im Bett. Mit einer fremden Frau.

Ich schloß die Augen, um mich vor dem zu schützen, was jetzt kommen mußte.

»Ist Ihnen nicht wohl?« erklang Padburys Stimme neben mir.

Ich öffnete die Augen wieder. »Doch, alles in Ordnung.« Die beiden Detektive, die bei Gregg gestanden hatten, kamen jetzt auf mich zu.

6

Es war nicht so schlimm, wie ich befürchtet hatte. Keiner der beiden machte Anspielungen auf meine Vergangenheit. Aber sie wußten Bescheid, das sah ich.

Zunächst trennten sie mich von Padbury und brachten mich an einen anderen Tisch. Dann mußte ich meine Aussage machen. Sie wollten von mir alles über Robin wissen. Und es dauerte eine Weile, bis ich ihnen klarmachen konnte, daß ich das Mädchen eigentlich gar nicht kannte. Nicht, daß sie meinen Angaben mißtraut hätten, aber es war für sie natürlich schwer zu verstehen, daß wir einerseits Vetter und Cousine waren, uns andererseits aber erst gestern kennengelernt hatten.

Das ganze Verhör dauerte nicht länger als zehn Minuten. Aber sie verlangten, ich solle mich noch eine Weile zur Verfügung halten. Der eine fragte: »Sie haben doch heute nichts mehr vor, oder?«

»Nein«, antwortete ich.

»Um so besser. Wir melden uns wieder.« Beide standen auf und gingen.

Ich saß an meinem Tisch, rauchte und wartete vor mich hin. Das Café und die angrenzende Küche glichen noch immer einem Bienenkorb. Auch vorn die Eingangstür kam nicht zur Ruhe. Jedesmal, wenn sie aufging, fiel ein gleißender Sonnenstrahl in das Dämmerlicht. Noch zweimal sah ich Donlon, einmal unterhielt er sich mit einer Gruppe von Detektiven, dann war er mit von der Partie, als Padbury verhört wurde.

Nach ungefähr einer Viertelstunde kam ein dürrer Kerl mit kurzärmligem Hemd und ohne Jacke auf mich zu. Der Mann brauchte dringend einen Haarschnitt. Er setzte sich ungebeten an meinen Tisch. »Na, was halten Sie davon?«

»Gar nichts«, erwiderte ich kurz angebunden.

Aber er ließ sich nicht abwimmeln. »So viel ich höre, hat ein Mädchen den einen Mann erstochen«, sagte er.

Ich sah ihn an. »Presse?«

»Was denn sonst? Wollen Sie meinen Ausweis sehen? Immerhin haben die an der Tür mich reingelassen.«

»Bei mir sind Sie falsch«, erklärte ich ihm. »Ich bin nur ein gewöhnlicher Bürger. Da müssen Sie sich schon an einen von den anderen Burschen halten.«

Er grinste, als hätte ich ihn hochnehmen wollen. Aber als er merkte, daß es mein Ernst war, sah er mich ungläubig an. »Etwa kein Cop?«

»Wie kommen Sie auf die Idee?«

Er zeigte mit dem Finger anklagend auf mich. »Natürlich sind Sie'n Cop!«

»Falsch geraten.« Pause.

»Was haben die oben gefunden?« fragte ich nun meinerseits.

»Warum fragen Sie mich das?«

»Weils ich's nicht weiß.«

Er musterte mich immer noch groß, offenbar im Zweifel, ob er mir glauben konnte. Schließlich sagte er: »Zwei Leichen.«

»Wen?«

»Einen Mann, weiß. Und'n Schokolademädchen.«

»Was soll das heißen?«

»Was das heißen soll?« gab er zurück. »Na, was schon, Rassenintegration natürlich. Weißer Kerl und schwarzes Mädchen, beide mit demselben Messer abgemurkst. Sagen Sie mal, hier stimmt doch was nicht. Sie wollen kein Cop sein, und trotzdem sitzen Sie hier zwischen allen?«

»Ich war zufällig hier.«

»Ach so«, meinte er gedehnt. »Es ist Ihr Stammlokal.«

»Nicht ganz.«

»Auch gut. Wenn Sie's mir nicht sagen, krieg ich's schon von jemand anderem raus.«

»Dann gehen Sie doch endlich zu jemand anderem.« Ich wußte, es war dumm, ihn zu verärgern, aber ich konnte mir nicht helfen. Ich hatte einfach genug. Nur nicht diesem Kerl noch einmal meine ganze Geschichte erzählen. Außerdem kriegte er sowieso alles, was er brauchte. Auch das Material über mich, da konnte ich gar nichts machen. Als ich seinerzeit aus dem Polizeidienst flog, hatten die Zeitungen den Fall, wenn auch klein und versteckt, aufgegriffen. Und er würde sich bestimmt an die Sache erinnern, sofern sich dieser Mord als pikant genug erwies. Und der schien sogar äußerst pikant zu sein.

Ich grübelte. Die zweite Leiche sollte also eine Negerin gewesen sein. Wer war sie? Woher kam sie? Ich hätte zu gern George Padbury ausgefragt, ob Terry Wilford jemals eine Negerin zur Freundin gehabt hätte. Aber wir waren nun einmal getrennt worden, und man würde uns kaum wieder zusammen lassen. Außerdem — es war schließlich egal. Was ging es mich an?

Der Reporter wollte zunächst nicht aufgeben, aber nach ein paar vergeblichen Fragen ließ er schließlich von mir ab. Als nächstes sah ich ihn in der Küche mit ein paar Detektiven herumstehen.

Wieder ein paar Minuten später kam einer der Beamten, die mich vorher verhört hatten. »Das wäre einstweilen alles, Mr. Tobin. Wir haben ja Ihre Anschrift und werden uns wahrscheinlich noch einmal melden. Sie bleiben doch in der Stadt?«

»Jawohl«, antwortete ich, »ich bleibe in der Stadt.«

»Vielen Dank für Ihre Mithilfe.« Stimme und Gesicht verrieten nicht, was er bei diesen Worten dachte.

»Keine Ursache«, erwiderte ich. Dann stand ich auf und ging hinaus in die helle, brennende Sonne. Draußen vor der Tür lief ich einem Reporter direkt vor die Linse. Er drückte sofort ab, wahrscheinlich in der Ansicht, einen der untersuchenden Detektive erwischt zu haben.

Auf dem Bürgersteig stand ein kleiner Kreis Schaulustiger; die meisten trugen Sonnenbrillen, und alle schwitzten fürchterlich.

Aber keiner war zum Weitergehen zu bewegen. Ich quetschte mich durch, lief zur U-Bahn und nahm den nächsten Zug nach Queens.

Kate kam mir an der Tür entgegen. »Na, wie ging's?«

»Schlecht. Sehr schlecht. Hast du Eiskaffee fertig?«

»Ich kann schnell welchen machen. Komm mit in die Küche. Was ist passiert?«

Wir gingen zusammen in die Küche, und ich setzte mich dort hin, wo Robin gestern gesessen hatte. Während Kate den Eiskaffee bereitete, erzählte ich ihr alles. Sie lauschte stumm. Nur einmal drehte sie sich um, sah mir in die Augen und sagte: »Oh, Mitch.« Als ob ich derjenige gewesen wäre, den es zu bemitleiden galt.

Als ich ihr gerade alles berichtet hatte, klingelte das Telefon. Kate ging hin, ich hörte sie ein paar Worte in den Apparat sprechen. Dann kam sie wieder. »Ein Reporter.« Es klang besorgt.

»Sag ihm, ich bin nicht da. Und du weißt von nichts.«

»Gut, Mitch.« Sie ging wieder.

Ich rief ihr nach: »Und laß den Hörer lieber neben der Gabel liegen.«

7

Wie es sich im Belagerungszustand lebte, war mir nichts Neues mehr. Ich hatte mich schon einmal so einigeln müssen, damals, als sie mich aus dem Polizeidienst feuerten. Man hört nicht auf das Telefon, man geht nicht hin, wenn es an der Tür klingelt. Ein Freund oder Nachbar erledigt die Einkäufe, und der unmündige Sohn wird für ein paar Tage zu Verwandten nach Long Island geschickt. In voller Deckung wartet man ab, bis sich der Sturm gelegt hat. Und der Sturm legt sich immer; es dauert nur seine Zeit.

Auch diesmal ging es nur ein paar Tage so. Sonntag, Montagvormittag, und schon Montagnachmittag herrschte wieder Windstille. Für die Dienstagsausgaben war ich schon nicht mehr von Interesse.

Für die Arbeit an meiner Mauer war es ohnedies zu heiß. Also verplemperte ich meine Zeit oben im Büro. Was ich Büro nannte, war ein überzähliges Schlafzimmer im ersten Stock. Ich hatte vor ein paar Jahren angefangen, es umzubauen. Aber die Sache war unerledigt liegen geblieben, wie vieles in meinem Leben. Da oben verkroch ich mich jetzt. Ich las und las. Im Augenblick war ich bei

Mark Twain angelangt. Ich hatte mich schon immer als Bücherwurm verstanden und alles verschlungen, was in meine Reichweite kam. Aber in jüngster Zeit beschränkte ich mich auf Autoren des neunzehnten Jahrhunderts. Denn alle Bücher, die mich an meine eigene trübe Welt erinnern konnten, mied ich wie die Pest. Zeitungen und Zeitschriften ließ ich schon ganz links liegen.

Montag, am späten Nachmittag, klingelte es wieder an der Tür. Ich dachte zuerst, es wäre ein verspäteter Reporter. Aber dann hörte ich Kate sprechen. Also kein Reporter. Doch ich blieb, wo ich war. Es gab niemanden auf der Welt, der mich auch nur im geringsten interessiert hätte.

Die Stimmen wurden lauter, Kate und der Besucher befanden sich jetzt offensichtlich im Flur. Dann aber verschwanden sie im Wohnzimmer. Ich versuchte krampfhaft weiterzulesen, aber ich las immer und immer wieder denselben Absatz.

Es dauerte fünf Minuten, dann hörte ich Kate auf der Treppe. Ich klappte das Buch zu und wartete. Wenn es kein Reporter war, dann mußte es die Polizei sein.

Es war nicht die Polizei. Kate kam herein und sagte: »Rita Gibson ist da, vielmehr Rita Kenelly. Robins Mutter.«

»Was will sie? Soll ich ihr noch mal alles erzählen?«

»Sie haben Robin festgenommen«, antwortete Kate. »Heute nachmittag, im Krankenhaus.«

»Das hab ich mir gedacht.«

»Das hast du dir gedacht?« fragte sie vorwurfsvoll.

»Sie ist es gewesen, Kate. Sie muß es gewesen sein. Außer ihr war niemand oben, nur Leichen. Und niemand kam nach ihr herunter.«

Kates Stimme wurde noch vorwurfsvoller. »Das kannst du doch nicht glauben. Daß ein Mädchen eine so furchtbare Sache getan hat. Stell dir doch vor: zwei Leute umgebracht. Sie kann es nicht gewesen sein, Mitch, das weißt du genausogut wie ich. Du hast sie doch auch gesehen. Sie kann es einfach nicht getan haben.«

»Aber es kann auch niemand anderer gewesen sein«, argumentierte ich. »Und du weißt genausogut wie ich, daß der Mensch im Extremfall zu allem fähig ist. Das habe ich schließlich oft genug erlebt.«

Was ich nicht sagte, war: Und schließlich bin ich selbst das beste Beispiel dafür.

Wenn Kate meine Gedanken lesen konnte, so ließ sie sich es

wenigstens nicht anmerken. Statt dessen sagte sie: »Mitch, ich glaube einfach nicht, daß Robin Kenelly jemanden umgebracht hat. Und du glaubst es auch nicht.«

»Ich glaube überhaupt nichts. Ich denke gar nicht über die Sache nach.«

»Das merke ich«, gab Kate zurück. »Wenn du nämlich darüber nachdenken würdest, wüßtest du genau, daß Robin unschuldig sein muß.«

»Ich will aber nicht darüber nachdenken. Ich werde mich hüten. Und es tut überhaupt nichts zur Sache, was ich weiß oder was ich denke. Das alles geht mich nichts an.«

»Aber Robin geht es etwas an.« Kate war jetzt beinahe wütend, sie fuchelte in Richtung Tür. »Und Robins Mutter geht es etwas an. Schließlich kannst du wenigstens mit ihr reden. Soviel schuldest du ihr doch wohl.«

»Was soll ich ihr denn sagen? Daß ihre Tochter zwei Menschen umgebracht hat? Oder daß sie es nicht getan hat? Nein, es gibt nichts, was ich ihr sagen könnte, Kate. Absolut nichts. Ich würde nur herumsitzen und ein dummes Gesicht machen. Das mache ich lieber hier oben für mich alleine.«

»Mitch, du kannst dich einfach nicht weigern, mit ihr zu reden.«

»Doch, ich kann. Ich tu es sogar. Die Sache hat mit mir nichts zu tun. Und das soll auch so bleiben. Vorgestern habe ich mich eingemischt, weil ihr mich dazu überredet habt. Und was ist daraus geworden?«

»Mitch ...«

»Und außerdem schulde ich Rita Gibson nicht das geringste«, fuhr ich fort. »Ich lasse es einfach nicht zu, daß sie mich in die Sache hereinzieht.«

Kate streckte verzweifelt die Hand aus. »Was soll das heißen, hereinzieht? In was denn?«

»Ihr wollt doch nur, daß ich etwas unternehme. Rita Gibson will das, und du auch. Ich höre euch schon: Robin Kenelly hat niemanden umgebracht. Also, Mitch, geh hin und sprich mit den Leuten. Schnüffel herum, tu dies, tu das, und finde den Mörder.«

»Niemand verlangt das von dir, Mitch. Das weißt du ganz genau.«

»Vielleicht jetzt noch nicht, aber es kommt. Rita wird es von mir verlangen, und du wirst sie darin schon unterstützen.«

»Mitch, und wenn das Mädchen nun schuldig gesprochen wird?«

»Kate, und wenn sie nun schuldig *ist*?«

»Aber sie ist es doch nicht. Willst du denn nicht wenigstens mal zuhören? Lies doch die Zeitungen! Hör zu, was die Mutter sagt!«

»Ich denke nicht daran«, beharrte ich. »Ich bleibe hier oben. Und ich rede über nichts und mit niemandem. Ich denke nichts, und ich höre nichts. Ich bleibe hier oben, und ein Tag ist für mich wie der andere.«

Sie beobachtete mich aufmerksam, versuchte, eine schwache Stelle zu finden. Schließlich fragte sie resigniert: »Ist deine Ruhe dir wirklich so wichtig?«

»Ja, das ist sie. Allerdings.«

Sie drehte sich um. Ich sagte ihrem Rücken: »Tut mir leid, Kate, aber: ich kann es einfach nicht. Das ist die Wahrheit.« Sie nickte, ohne mich anzusehen.

Dadurch zwang sie mich, noch etwas hinzuzufügen: »Und wenn die Polizei einen Fehler gemacht hat, dann wird sie es selbst merken. Das ist meistens so.«

»Ja, da hast du wohl recht.« Kate ging aus dem Zimmer.

Ich lauschte ihren Schritten auf der Treppe. Dann hörte ich nur noch entfernte Stimmen. Sie waren zu weit weg, als daß ich etwas hätte verstehen können.

Wirklich, was konnte ich tun? Was ich auch unternahm, es mußte sinnlos sein. Und außerdem, es stimmte, was ich über die Polizei gesagt hatte. Die Behörde merkt ihre Irrtümer meistens selbst, korrigiert sie, bevor es zum Prozeß kommt. Natürlich gibt es Ausnahmen, und dann machen die Zeitungen viel Geschrei. Aber wenn es keine Ausnahmen wären, gäbe es das Geschrei gar nicht.

Ich nahm mir wieder meinen Mark Twain vor, aber es gelang mir immer noch nicht, mich auf das Gedruckte zu konzentrieren. In Wahrheit saß ich da und lauschte. Nach langer Pause hörte ich die Stimmen wieder laut, im Flur, dann an der Haustür. Die Tür schlug zu. Ich wartete. Ob Kate heraufkam? Sie kam nicht.

Sie erschien erst eine Stunde später, als das Telefon läutete. »Es ist George Padbury. Er sagt, es ist wichtig.«

»Nein. Nicht für mich.«

»Das habe ich mir gedacht und ihm auch gesagt.« In ihrer Stimme lag jetzt kein Vorwurf mehr, nur Resignation. Sie drehte sich wortlos um und ging.

Ich stand auf, lief an die Treppe und rief ihr nach: »Kate, versteh mich doch! Vielleicht bin ich ein Feigling, aber ich kann nicht anders.«

»Ich weiß.« Nach einer Pause fügt sie hinzu: »Ich versteh dich schon, Mitch. Laß nur gut sein.«

»Ich komme jetzt für eine Weile herunter.«

Ich folgte ihr. Unten nahm sie den Hörer, sagte ein paar Worte und lauschte. Dann drehte sie sich zu mir um. »Er hat schon aufgelegt.« Sie lächelte matt. »Also hat er unser Problem selbst gelöst.«

Das hatte er nicht. Unser Problem konnte niemand lösen. Aber ich erwiderte ihr Lächeln und sagte: »Na, um so besser.«

8

Einen Tag später, am Dienstag um halb fünf Uhr nachmittags, läutete die Türklingel wieder. Das war, als ich gerade im Wohnzimmer saß und auf der Mattscheibe einen alten Seeräuberfilm mit Errol Flynn verfolgte. Ich stand sofort auf, um mich aus dem Staub zu machen.

Aber Kate sah auf dem Weg zur Tür bei mir herein. »Bleib nur, ich lasse niemanden ins Haus.«

»Ausgezeichnet.« Aber ich setzte mich nicht wieder, sondern lauschte angestrengt auf den Flur hinaus. Bill war am Morgen von Long Island zurückgekommen. Im Augenblick befand er sich oben in seinem Zimmer und bastelte. Vielleicht kam ihn nur einer seiner Freunde besuchen.

Aber als Kate einen Augenblick später wieder im Wohnzimmer erschien, sah sie besorgt aus. Ihr folgten zwei Männer in schlecht sitzenden Anzügen. Kate erklärte: »Sie sind von der Polizei, Mitch.«

Ich sah die beiden prüfend an. Aber aus den sturen Gesichtern konnte ich nicht ablesen, ob sie über mich Bescheid wußten. Sie waren noch ziemlich jung und beide kompakt gebaut. Einer sagte: »Wir möchten Sie bitten, mit uns zu kommen, Mr. Tobin. Haben Sie Zeit?«

»Was soll das Ganze?« fragte ich zurück.

»Nichts weiter. Es ist nur wegen Ihrer Aussage im Fall Wilford. Wir wüßten da gern noch einiges genauer.«

»Warum können wir das nicht hier erledigen?«

Diesmal antwortete der andere. »Der Captain möchte selbst mit Ihnen sprechen, Mr. Tobin. Es dauert nicht lange, und wir fahren Sie wieder nach Hause.«

Ich biß die Zähne zusammen. Die Sache kam mir verflucht bekannt vor. Die gleiche Beruhigungsformel hatte ich oft genug von mir gegeben. Ich fühlte, wie sich mir die Haare im Nacken sträubten. Wie oft hatte ich gelogen, um den anderen in Sicherheit zu wiegen. Und in Wahrheit hatte ich den für einen ganz gefährlichen Burschen gehalten.

Aber das konnten die beiden von mir doch wohl kaum glauben? Es gab gegen mich nicht den geringsten Verdacht. Und ein Blick auf ihre gelangweilten Mienen schien mir das zu bestätigen. Doch immerhin sollten sie mich aufs Revier schleppen. Warum? Am Ende wollten sie mich nur etwas durch die Mangel drehen. Nur so, aus Prinzip. Wie dem auch sein mochte, ich hatte keine andere Wahl, als ihnen zu folgen und das Weitere abzuwarten.

»Ich muß mir erst Schuhe anziehen«, wandte ich ein. »Oben.«

»Aber selbstverständlich.«

Sie ließen mich allein gehen, und das war ein weiteres Indiz für die Harmlosigkeit der Sache. Ich machte schnell, weil ich das unangenehme Zwischenspiel so bald wie möglich hinter mich bringen wollte. Darum zog ich wirklich nur Schuhe an und wechselte das Hemd.

Als ich herunterkam, standen die beiden schon an der Haustür. Ich sagte Kate noch, entweder wäre ich in einer Stunde zurück, oder ich riefe an. Dann gingen wir.

Draußen am Auto fragte ich: »Vorn oder hinten?« Der Jüngere antwortete: »Sie können ruhig hinten sitzen.«

Die beiden Detektive nahmen vorne Platz, und wir fuhren los. Unterwegs drehte sich der Beifahrer um und grinste mich freundlich an. »Warum haben Sie das eben Ihrer Frau gesagt? Das mit der einen Stunde? Sie trauen uns wohl nicht? Aber wir bringen Sie wirklich zurück.«

»Um so besser«, meinte ich kurz angebunden.

Aber er wollte es genau wissen. »Was tut sie denn, wenn Sie in einer Stunde nicht zurück sind?«

»Dann hängt sie sich ans Telefon.«

Er nickte. »Das hab ich mir gedacht. Wie ich höre, waren Sie früher mal bei uns.«

Er grinste mich an, offenbar erwartete er eine Antwort. Mit anderen Worten, meine Geschichte war ihm unbekannt. Aber von mir würde er sie nicht zu hören bekommen. Ich schwieg. Und als mein Schweigen ungemütlich wurde, drehte ich den Kopf einfach weg. Ich sah von nun an auf die Straße hinaus und machte damit allen Gesprächsversuchen ein Ende.

Das Revier war ein altes Backsteinhaus mit ausgetretenen Steinstufen. Links lag eine Schneiderwerkstatt, rechts eine Schule, die unwirtlich wie eine Kaserne aussah. Die beiden Detektive gingen mir voran ins Gebäude, sie waren jetzt offensichtlich eingeschnappt. Im zweiten Stock hießen sie mich warten. Auf dem Flur stand eine Holzbank. Meine Begleiter verschwanden durch eine Tür.

Es war lange her, daß ich mich hier befunden hatte. Die altbekannte und doch in gewisser Weise fremde Umgebung brachte mich ganz schön aus dem Gleichgewicht. Nie hätte ich gedacht, daß eine hölzerne Bank so hart sein konnte. Die Atmosphäre war trostlos: schmutzig grüne Wände, ein abgetretener, zu glatt geölter Holzfußboden, die Decke mit gelbem Verputz, der an allen Ecken herunterbröckelte. Ich wurde immer nervöser, bis ich es nicht mehr auf der Bank aushielt. Unruhig tigerte ich im Flur auf und ab, schneller und immer schneller, wie ein junger Streifenpolizist, der seine erste Runde übte.

Ich mußte nur ein paar Minuten warten, aber sie erschienen mir wie eine Ewigkeit. Schließlich tauchten die beiden Detektive wieder auf und erlösten mich. Der Jüngere meinte kurz angebunden: »Captain Linther will Sie jetzt sprechen.« Er war offenbar immer noch sauer.

Ich stand auf, und sie führten mich durch die Tür. Wieder das altgewohnte Bild: Der Bereitschaftsraum, die Heimat aller Polizisten. Ein langgezogenes Zimmer, links und rechts kleine Schreibpulte, überall Telefone. Die meisten Plätze waren im Augenblick unbesetzt. In der einen Ecke hackte einer hemdsärmlig auf einer alten Schreibmaschine herum, gegenüber saß ein anderer und telefonierte.

An der Tür, am entgegengesetzten Ende des Raumes, hing ein Schild: CAPTAIN. Meine Begleiter öffneten, kamen aber nicht mit. Ich befand mich in einem kleineren Zimmer, eine Miniaturausgabe des Bullenstalls nebenan; ein alter, demolierter Holzschreibtisch stand am Fenster. Aber hier herrschte peinliche Ordnung. Ein paar

Holzstühle und ein schäbiges Sofa machten die Einrichtung komplett, bis auf einen Metallaktenschrank, das einzige Möbel neueren Datums. An den Wänden hingen gerahmte Fotografien: der Präsident, der Oberbürgermeister und ein paar andere Figuren, die ich nicht kannte.

Im Zimmer saßen zwei Männer, beide in Zivil. Jeder war so um die Fünfzig. Der eine, schlank und drahtig, mit dickem grauem Haar und hagerem bleichem Gesicht, saß auf dem Sofa. Der Mann hinter dem Schreibtisch dagegen – wahrscheinlich handelte es sich hier um Captain Linther – war massiv und untersetzt und konnte nicht mehr viele Haare vorweisen. Im Gegensatz zu den beiden Detektiven draußen kannte er sich offenbar in meinem Vorleben aus. Er sah mich an, als hätte er eine miese Ratte vor sich. »Sie also sind Tobin.«

Ich blieb ihm die Antwort schuldig. Es gab auch nichts, was ich darauf hätte erwidern können.

Mit einer Kopfbewegung zum Sofa hin erklärte er: »Captain Driscoll vom 27. Revier.«

»Guten Tag«, sagte ich. Captain Driscoll nickte nur kurz.

»Captain Driscoll«, fuhr Linther fort, »will mit Ihnen reden. Sie sind offenbar in einen Mordfall verwickelt, der sich in seinem Revier abspielte.«

Er sah Driscoll kurz an und meinte verächtlich: »Also, Sie können ihn haben. Ich bin draußen.« Er stand auf und verschwand.

Als sich die Tür hinter Linther geschlossen hatte, musterte mich Captain Driscoll prüfend. »Setzen Sie sich, Tobin.«

»Danke.« Ich nahm einen der Holzstühle in seiner Nähe. Er kramte nacheinander eine alte Pfeife und einen Tabaksbeutel aus Leder hervor. Während er den verschmorten Kolben stopfte, fragte er mich: »Sie sind also Zeuge in dem Doppelmord?«

»Ich war zugegen, jawohl.«

Er sah kurz von seinem Tabaksbeutel hoch. »Und warum waren Sie zugegen?«

»Robin Kenelly hatte mich gebeten, einmal bei ihnen hereinzuschauen. Sie ist eine Verwandte von mir, Cousine zweiten Grades.«

»Aus welchem Grund wollte sie Ihren Besuch?« Er steckte den Beutel weg und sah mich jetzt direkt an.

Ich antwortete: »Ein Polizist, ein Kriminalbeamter, hat sie und ihre Freunde dort belästigt. Die jungen Leute wußten nicht, was er von ihnen wollte, ob er auf Schmiergeld aus war oder auf anderes. Deshalb baten sie mich, ich sollte mich mal mit dem Mann unterhalten.«

Er nickte schwerfällig. Die Pfeife wanderte in seinen Mund. Vergeblich suchte er seine Taschen nach Streichhölzern ab. »Das genügt mir noch nicht«, meinte er.

Ich holte eine Schachtel Streichhölzer aus meiner Tasche und hielt sie ihm hin. Offensichtlich war ihm an einer Antwort gelegen. Also fragte ich: »Was genügt Ihnen noch nicht?«

»Danke.« Er nahm die Streichhölzer und setzte seine Pfeife in Brand. Zwischen den ersten Zügen meinte er: »Wie mir scheint, beschuldigen Sie einen meiner Männer der versuchten passiven Bestechung.« Er schnippte das Streichholz aus, lehnte sich vor, beförderte es in einen Aschenbecher. Er lehnte sich wieder zurück und sah mich an. »Haben Sie einen Beweis für diese Anschuldigung?«

»Ich hätte mirs eigentlich denken können«, gab ich zurück.

Er sah erstaunt aus. »Was hätten Sie sich denken können?«

»Ich bin wohl doch schon zu lange aus dem Laden raus«, meinte ich. »Sonst hätte ich sofort gemerkt, aus welchem Grund Sie mit mir reden wollten. Ich hätte wissen müssen, daß sich ein Captain nie herbeiläßt, selbst das Verhör in einem gewöhnlichen Mordfall zu führen.«

»Ich glaube nicht, daß ich Ihnen folgen kann.« Er hielt die Pfeife jetzt unbeachtet in der Hand. Meine Streichhölzer hatte er auch noch immer.

»Lassen Sie uns meine Aussage noch einmal durchgehen«, sagte ich.

»Ich wüßte nicht, warum das nötig wäre.«

»Wir werden nicht sehr lange brauchen.«

Er zuckte die Schultern, merkte dabei, daß er meine Streichhölzer in der Hand hielt, und lehnte sich vor, um sie mir zurückzugeben.

»Danke«, meinte ich zuvorkommend. »Es war so: Robin Kenelly hatte mir von einem Kriminalbeamten berichtet. Der war ins Café gekommen und hatte Robins Freunden erklärt, daß sie dort einige Vorschriften außer acht gelassen hätten. Und da die jungen Leute sich nicht im klaren waren, was sie nun tun sollten, baten sie mich um eine Unterredung mit dem Polizisten.«

Er funkelte mich stirnrunzelnd an. »Mit anderen Worten, Sie wollen Ihre Aussage ändern?«

»Ich ändere nur die Interpretation meiner Aussage, das ist alles«, erwiderte ich. »Soll ich das zu Protokoll geben?«

Die Sache ging ihm offensichtlich zu schnell. Ich nahm ihm die Gelegenheit, die Probleme auf seine Art schön der Reihe nach anzupacken. Er räusperte sich. »In Ihrer ursprünglichen Aussage haben Sie Detektiv Donlon der versuchten Nötigung beschuldigt. Jetzt wollen Sie Ihre Aussage abändern. Soll das heißen, daß Ihre erste Aussage gelogen war?«

»Nicht im geringsten«, antwortete ich. »Ich stehe zu jedem Wort. Aber ich sehe jetzt selbst, daß Fehlinterpretationen möglich sind. Deshalb möchte ich eine geänderte Aussage zu Protokoll geben, die Sie dann gegen die ursprüngliche austauschen können.«

Er bohrte weiter. »Wenn Sie Beweise dafür haben, daß einer meiner Detektive sich etwas zuschulden kommen ließ, dann brauchen Sie kein Blatt vor den Mund zu nehmen. Ich decke niemanden.«

»Ich habe keine Beweise.«

»Dann scheint es mir«, fuhr er gedehnt fort, »daß wir aufgrund Ihrer ursprünglichen Aussage gerichtlich gegen Sie vorgehen können.«

»Mir scheint das gar nicht so. Ich habe nur Hörensagen wiedergegeben, nämlich das, was Robin Kenelly mir berichtet hat. Aus keinem Punkt meiner Aussage geht hervor, ob ich die Sache glaube oder nicht.«

»Na und – glauben Sie die Sache?«

»Ich habe mir noch keine Meinung gebildet.«

Zu diesem Zeitpunkt konnten wir uns beide nicht mehr riechen, und keiner versuchte, dem anderen das zu verbergen. Seine Pfeife war ausgegangen, aber er hielt sie immer noch in der Hand. Er räusperte sich wieder. »Sie sind also ein Zyniker. Oder haben Sie nur eine Sauwut auf die Polizei?«

»Keins von beiden. Ich weiß, wie's zugeht. Und darum glaube ich auch nicht, daß Sie auf meiner ursprünglichen Aussage bestehen wollen.«

Er zögerte, und ich wußte genau, was ihn störte. Er war hergekommen, weil er auf eine ganz bestimmte Sache aus gewesen war, und die war ihm nun in den Schoß gefallen. Das hatte er nicht erwartet. Er hatte vielmehr geglaubt, mir tüchtig zusetzen zu müssen, daß ich meine Aussage über Donlon änderte. Und nun hatte ich das freiwillig getan, bevor er seine Fragen auch nur richtig anbringen konnte. Der Gute befand sich auf schlüpfrigem Weg, und wir beide wußten das ganz genau. Da ich so ohne weiteres auf seinen Wunsch eingegangen war, befanden wir uns nun sozusagen im Zustand der Komplizenschaft. Und wenn ihm irgendwas in der Kehle steckte, dann der Gedanke, mein Komplize zu sein.

Schön und gut, aber er konnte nichts dagegen tun. Er schüttelte widerwillig den Kopf, richtete einen bitterbösen Blick auf seine Pfeife und dann auf mich. »Also wollen Sie eine abgeänderte Aussage zu Protokoll geben.«

»Selbstverständlich.«

»Ich schicke einen Stenografen.« Widerwillig erhob er sich.

»Verbindlichsten Dank«, sagte ich. Ich betonte das besonders, um ihm unter die Nase zu reiben, daß eigentlich er es war, der sich zu bedanken hatte.

Aber er verschwand ohne ein Wort.

Ich zweifelte nicht daran, es bei Driscoll mit einem im Grunde ehrenwerten Mann zu tun zu haben. Hätte ich ihm direkte und unerschütterliche Beweise gebracht, daß sein Detektiv Donlon auf Bestechungsgeld aus war, hätte er den Mann ganz bestimmt über die Klinge springen lassen. Auf der anderen Seite war ich mir aber auch sicher, daß Driscoll über seine Leute im Bilde war und recht genau wußte, wer solchen Dingen gegenüber anfällig war. Aber wie so viele – und nicht die schlechtesten – Polizeioffiziere ließ er der Welt ihren Gang, solange es keinen Ärger gab.

Und hier handelte es sich um einen runden, so gut wie abgeschlossenen Mordfall. Es gab einen hieb- und stichfesten Verdacht. Die betreffende Person saß hinter Schloß und Riegel. Und in diese schöne glatte Sache brachte meine Aussage nun den üblen Geruch von Korruption. Wenn ich also meine Aussage in dieser Beziehung abänderte, um so besser für ihn.

Natürlich hätte er das lieber auf eine feine, subtile Art gehabt, aber ich war müde, hatte die Nase voll, und der schmierige Corpsgeist bei diesem Verein stank mir ohnehin. Ich wollte meine Sache erledigen und dann nach Hause fahren.

Der Stenograf ließ nicht sehr lange auf sich warten, ein hagerer Bursche in Uniform und dicken Brillengläsern. Er setzte sich an Captain Linthers Schreibtisch und nahm meine Aussage schnell und konzentriert zu Protokoll. »Es dauert nicht lange«, erklärte er, bevor er ging.

Die Tür hatte sich kaum geschlossen, als Captain Linther erschien. An seinem Blick sah ich, daß ich für ihn nach wie vor die übelste aller Ratten war. »Captain Driscoll ist mit Ihnen fertig. Sie können draußen warten.«

Ich folgte seiner gastfreundlichen Aufforderung und setzte mich im Bereitschaftsraum an einen leeren Schreibtisch. Drüben hackte immer noch der Mann auf der Schreibmaschine herum, aber der zweite war inzwischen verschwunden. Allerdings saßen jetzt zwei andere Detektive an ihren Plätzen. Einer füllte ein Formular aus. Seine Zunge machte die Bewegungen des Kugelschreibers mit, der andere mampfte ein Sandwich und las die *Daily News*.

Wieder schlug mich die vertraute Atmosphäre in ihren Bann. So sehr, daß ich unwillkürlich aufspringen wollte, als ein Telefon plötzlich läutete. Sofort schämte ich mich für diese verräterische Bewegung und hoffte, daß niemand sie wahrgenommen hatte. Von nun an starrte ich auf meine Hände nieder. So in mich zusammengesunken, blieb ich sitzen, bis der Stenograf mit dem Original und den Durchschlägen meiner neuen Aussage erschien. Ich unterschrieb sämtliche Blätter, bevor er damit in Captain Linthers Büro verschwand. Dann wartete ich weiter.

Nach ein paar Minuten kam Linther aus seinem Zimmer und baute sich vor mir auf. Er sah jetzt noch bulliger und gedrungener aus. »Eins will ich Ihnen noch sagen, Mr. Tobin, ehe Sie abhauen dürfen.«

Ich sah ihn schweigend an.

Er räusperte sich angeekelt. »Bisher wußte ich nicht, daß jemand wie Sie in meinem Revier wohnt. Das habe ich heute erst erfahren. Und es stinkt mir. An Ihrer Stelle würde ich mich möglichst unsichtbar machen.«

»Wie Sie wollen.« Ich hatte keine Lust, mich mit dem Mann zu streiten.

»Das wäre alles«, erklärte er. »Sie können jetzt verschwinden.«

»Man hat mir versprochen, ich würde nach Hause gefahren.«

»Für so was habe ich keine Leute übrig.« Er drehte sich um und verschwand in seinem Büro.

Ich nahm ein Taxi.

9

Kate kam mir an der Tür entgegen. »Es ist jemand da, Mitch, der dich sprechen will.«

Ihrem Gesicht konnte ich sehr gut entnehmen, daß es kein angenehmer Besuch war. Kate war sich ihrer Sache wohl auch nicht sicher. Sie wollte mich zu nichts überreden, was mir Unannehmlichkeiten bereiten konnte. Ich blieb am Eingang stehen, um der Angelegenheit ja nicht zu nahe zu kommen. »Wer ist es denn?« erkundigte ich mich vorsichtig.

»Ein junger Mann namens Hulmer Fass. Er ist einer der Teilhaber am Ostblick-Café.«

»Ich will ihn nicht sehen, Kate. Ich habe mit der ganzen Sache nichts zu tun.«

»Mitch . . .«

»Nein.« Ich blieb fest, schubste sie sanft zur Seite, ging in den Flur und schnell an der Wohnzimmertür vorbei.

Als ich gerade die Treppe hinauf wollte, rief sie mir nach: »Mitch, George Padbury ist tot.«

Ich blieb wie angewurzelt stehen. »Tot? Wieso tot?«

»Unfall mit Fahrerflucht. Gestern, eine halbe Stunde, nachdem er hier angerufen hatte. Heute morgen starb er im Krankenhaus, ohne das Bewußtsein wiederzuerlangen.«

Ich hielt mich krampfhaft am Treppengeländer fest. Um alles in der Welt wollte ich nicht in die Sache hereingezogen werden. »Es muß ja kein Zusammenhang bestehen«, meinte ich lahm.

»Mitch . . .«, sagte Kate eindringlich.

»Was meint denn die Polizei?«

»Genau dasselbe wie du: kein Zusammenhang.«

»Siehst du. Und schließlich hat die Polizei näher mit der Sache zu tun als wir«, stellte ich erleichtert fest.

»Nein, das hat sie nicht.« Es war eine fremde Stimme. In der Tür zum Wohnzimmer stand ein ziemlich hellhäutiger junger Neger, ungefähr zwanzig Jahre alt. Er war groß, schlank gewachsen, trug einen gut sitzenden dunklen Anzug. »Die Polizei, das sind nur die Zuschauer«, sagte er. »Aber wir sitzen mitten drin.«

»Ihr vielleicht, ich nicht.« Ich versuchte, meiner Stimme einen energischen Klang zu geben. »Ich habe mit all dem nichts zu tun. Ich kenne Sie nicht und lege auch keinen Wert darauf.«

»Mitch!« Das war Kate.

Ich wandte mich zu ihr um. »Ein Captain von der Polizei hat mir eben dringend nahegelegt, mich unsichtbar zu machen. Und das ist genau das, was ich vorhabe.«

Der Negerjunge – Hulmer Fass hatte ihn Kate genannt – sprach auf mich ein. »Ich wäre nicht hergekommen, Mr. Tobin, wenn ich nicht der Überzeugung wäre, daß wir zusammen in diese Sache verwickelt sind. Sie und ich, wir beide können da nicht mehr raus.«

»Da bin ich aber ganz anderer Meinung.«

»Schließlich wissen wir noch nicht, warum der Kerl George überfahren hat«, meinte er. »Wenn der Grund dafür seine Teilhaberschaft an unserem Café ist, dann bin ich als nächster dran. Wenn er aber sterben mußte, weil er zur Mordzeit dort war, dann sind der nächste *Sie*, Mr. Tobin.«

Kate fiel ein. »Mitch, du kannst dich da nicht raus halten. Wenn er sich nun an dich ranmacht?«

»Das wollen wir erstmal abwarten«, antwortete ich..

»Und was ist mit George Padbury?« fragt Kate.

»Was soll mit ihm sein? Er ist tot.«

»Und er starb eine halbe Stunde, nachdem du dich geweigert hast, ihn anzuhören.«

Ich hob die Hand. »Nein! Das könnt ihr mit mir nicht machen.«

Hulmer Fass schüttelte den Kopf. Es sah recht überlegen aus. »So ist das nun einmal, wenn man mit einer Sache nichts zu tun haben will, Mr. Tobin«, meinte er. »Heute haben Sie wirklich nichts damit zu tun, und morgen schon stecken Sie mittendrin.«

»Ich kann schließlich nichts für George Padburys Tod.«

Er lächelte verächtlich. »Na schön. Auf Wiedersehen dann.« Er wandte sich zur Haustür.

Kate rief ihm nach: »Nein, warten Sie. Gehen Sie noch nicht.« Sie sah zu mir herüber. »Zieh du dich jetzt ruhig nach oben zurück, Mitch, und denk ungestört über alles nach: über Robin, die noch im Krankenhaus liegt, aber demnächst ins Gefängnis überführt wird. Dann denk auch mal an George Padbury und an diesen Jungen hier. Und nicht zuletzt an deine eigene Familie. Und wenn du dann klarsiehst, kannst du ja wieder herunterkommen. Wir sind in der Küche.« Zu dem Jungen meinte sie: »Kommen Sie nur, Hulmer. Mögen Sie Eiskaffee?«

Er grinste mit blitzenden Zähnen. Vor Kate hatte er offenbar

Respekt. »Klar mag ich den!« Die beiden verschwanden zusammen in Richtung Küche.

Aber ich ging nicht nach oben. Ich setzte mich auf die zweite Treppenstufe und versuchte, mich auf die Angelegenheit zu konzentrieren. Ich fühlte, wie sich das Netz um mich zusammenzog. Aber ich wollte mich immer noch in meiner Höhle verkriechen.

Als ich so saß, kam Bill ins Haus geplatzt. Bill ist vierzehn und gerade dabei, sich vom Kind zum jungen Mann zu mausern. Bald würde ihn nichts mehr von den jungen Leuten unterscheiden, wie sie im Ostblick-Café ein- und ausgingen. Wie gut oder wie schlecht Bill über meine Angelegenheit Bescheid wußte, hatte ich nie herausgefunden. Um die Wahrheit zu sagen, hatte ich mich auch nie sonderlich darum bemüht. Die Kluft zwischen meinem Sohn und mir wurde ständig größer. Ich wußte genau, daß die Hauptschuld daran mir zufiel. Aber ich änderte nichts daran, aus Sorge, den schützenden Kokon verlassen zu müssen, in den ich mich mühsam eingesponnen hatte.

Jetzt kam Bill die Trepppe heraufgedonnert, in der Hand eine große braune Papiertüte. Neben mir blieb er stehen. »Was ist denn los, Dad?«

»Nichts, ich denke nur nach. Was hast du da in der Tüte?«

»Röhren«, antwortete er. »Für mein Radio. Bis nachher.«

»Bis nachher.«

Er polterte nach oben und ließ mich mit meinen Grübeleien allein. Nach einer Weile schüttelte ich den Kopf und stand auf. Hulmer Fass saß in der Küche am Tisch. Ich fragte ihn: »Können Sie mit George Padburys Bruder Kontakt aufnehmen? Mit dem Jurastudenten?«

»Mit Ralph? Klar.«

»Wir werden ihn brauchen. Würden Sie ihn bitte anrufen?«

Er sprang auf. »Soll er herkommen?«

»Ja.«

Jetzt grinste er übers ganze Gesicht. »Jawohl, Sir, wird gemacht.«

»Haben noch mehr Leute mit dem Café zu tun? Gibt es noch mehr Partner?«

»Noch zwei«, antwortete er. »Wollen Sie die auch sprechen?«

»Ja. Das Telefon ist im Flur.«

»Wann sollen sie kommen?«

»Sobald wie möglich.«

»Wird gemacht«, verkündete er und verschwand im Flur.

Ich sah Kate an. »Grinse nicht so; du kannst ruhig wissen, wie sehr mir die ganze Sache stinkt. Ich will sie auch nur so schnell wie möglich hinter mich bringen.«

»Ist ja schon gut, Mitch«, erwiderte sie. »Wirklich, mach dir keine Sorgen.«

Aber ich wußte genau, was sie sich wünschte.

10

Um Viertel vor sieben waren wir alle beisammen. Wir saßen zu sechst im Wohnzimmer herum. Draußen brannte noch immer die Sonne, aber im Wohnzimmer hüllte uns schon das Zwielicht ein. Es war eine diffuse, isolierte Atmosphäre.

Hulmer Fass war zum Abendessen geblieben. Bill und er hatten sich in eine komplizierte Unterhaltung über Elektronik vertieft. Dabei kam zum Vorschein, daß Bill oben in seiner Bude Radioapparate aus alten Teilen zusammenbastelte. Ich hatte davon keine Ahnung gehabt. Wie dem auch sei, Hulmer sprach beim Abendessen mehr mit Bill als ich im Laufe eines ganzen Jahres. Beim Zuhören kam mir erst richtig zum Bewußtsein, wie sehr ich mich nach Neuigkeiten über meinen Sohn sehnte. Ich beneidete Hulmer um die Art, wie er mit dem Jungen umgehen konnte.

Nach dem Essen gingen Hulmer und ich ins Wohnzimmer. Unser Gespräch schleppte sich mühsam dahin. Keiner wußte genau, wie er den anderen nehmen sollte. Darum unterhielten wir uns zögernd über unverbindliche Themen, über das Wetter, Baseball und dergleichen. Wir mieden auch den Anlaß, der uns zusammengebracht hatte. Nach einer Weile trudelten die anderen ein. Hulmer stellte jeden vor, und der Neuankömmling beteiligte sich dann so gut es ging an unserem mühsamen Gespräch. Es wurde erst besser, als Kate mit dem Abwaschen fertig war und zu uns ins Wohnzimmer kam. Aber der Grund unseres Zusammenseins lastete nach wie vor schwer auf der kleinen Runde.

Als erster kam Ralph Padbury. Er ähnelte zwar seinem Bruder in gewisser Weise, war aber doch ein ganz anderer Mensch. Rollkragenpullover und Künstlerschnurrbart waren nichts für Ralph. Er hatte sich gesetzte Schreibtischmanieren zugelegt. Das Haar war glatt zurückgekämmt, das Kinn säuberlich rasiert. Er trug einen billigen, aber solide geschnittenen Anzug, makelloses Hemd und einen dezenten Schlips. Eine dicke Hornbrille fehlte nicht. Daß er keinen Aktenkoffer bei sich hatte, wirkte wie eine grobe Unterlassungssünde.

Sein Gesicht war kreidebleich. Man merkte ihm den Schock noch deutlich an. Schließlich war sein Bruder vor kaum zwölf Stunden gestorben.

Dann kam ein Mädchen, die mir als Vicky Oppenheim vorgestellt wurde. Sie war klein und etwas pummelig, ganz in Schwarz gekleidet – Pullover, Rock, Strümpfe, Schuhe, alles pechschwarz. Bei der Hitze mußte sie fast umkommen, aber sie hielt sich tapfer. Auch ihr Haar war schwarz. Sie trug es sehr lang, am Hinterkopf mit einem roten Gummiband gebündelt. Ihr rundliches Gesicht war nichtsdestoweniger recht hübsch. Zu diesem Gesicht gehörte ganz einfach ein sonniges Lächeln, das sie jetzt, dem Anlaß angemessen, mit mehr oder weniger Erfolg zu verbergen suchte.

»Kinder«, rief sie aus, als Hulmer sie vorstellte. »Ich bin ganz fertig. Weiß gar nicht, was ich sagen soll, Mensch!«

Kate rettete mich. »Wir wissen alle nicht, was wir sagen sollen, Vicky«, meinte sie. »Kommen Sie, setzen Sie sich hierher.«

Zum Schluß erschien ein junger Mann namens Abe Selkin, nervös, mit sprühenden Augen und mit Spitzbart. In ihm knisterte es geradezu vor Intelligenz und Energie. Er überflog aufmerksam die Szene und meinte sofort: »Aha, Kriegsrat.«

»Nicht Kriegsrat«, korrigierte ich. »Verteidigungsrat.«

Er nickte kurz, musterte mich eine Sekunde und meinte dann: »Sie sind der Häuptling.«

»Nicht so, wie Sie denken«, wehrte ich ab. »Ich führe keineswegs ein Rekrutierungsbüro. Ich habe auch keine Aufträge für Sie. Was ich von Ihnen will, sind lediglich Informationen. Damit ich dann in der Lage bin, nach eigenem Gutdünken zu handeln.«

»Aber Sie gehören dazu«, warf Selkin ein. »Wir können Ihnen nützlich sein.«

»Na schön, vielleicht«, sagte ich. »Für den Augenblick jedenfalls brauche ich nur Informationen. Würden Sie sich dort neben Hulmer setzen?«

»Gemacht.«

Ich ging zu meinem Platz zurück und nahm einen Anlauf. »Ich habe mein möglichstes getan, mich aus der Sache herauszuhalten. Mit anderen Worten: Ich habe nicht einmal die Zeitungen verfolgt, deshalb weiß ich so gut wie gar nichts; also müssen Sie Nachsicht haben, wenn meine Fragen Ihnen dumm und überflüssig erscheinen. Das beginnt schon mit dem Namen des ermordeten Mädchens. Ich weiß ihn nicht.«

Um mich herum herrschte Schweigen. Jeder der Anwesenden wartete offenbar, daß der andere sprach. Wieder war es Kate, die hilfreich einsprang. »Das Mädchen hieß Irene Boles, Mitch.«

»Irene Boles«, wiederholte ich langsam. Ich hatte mich inzwischen mit einem Notizbuch bewaffnet und trug den Namen ein. Dann sah ich Hulmer an. »In welcher Verbindung stand sie zu Ihrer Gruppe?«

Er mußte ein wenig grinsen und schüttelte den Kopf. »In keiner.«

»Wieso nicht? Wer war sie denn?«

»Eine Nutte«, antwortete er lakonisch.

Abe Selkin ergänzte: »Nach den Zeitungsberichten hatte sie bereits wegen Prostitution gesessen.«

»Wo wohnte sie?«

Hulmer grinste immer noch. »In Harlem.«

»Und niemand von Ihnen hatte sie vorher gesehen?«

Alle schüttelten die Köpfe, und Kate sagte: »In den Zeitungen stand, daß sie gewöhnlich in einem anderen Teil der Stadt arbeitete.«

Ich fragte: »Könnte Terry Wilford sie ... beruflich gekannt haben?«

»Nicht die Bohne.« Die Antwort kam von Abe Selkin.

Vicky Oppenheim sah mich mit großen Augen unschuldig an. »Aber Mr. Tobin, Terry brauchte für so was doch nicht zu zahlen!«

»Na schön.« Ich stotterte ein wenig. »Wenn Sie's sagen?« Nach einem Räuspern fuhr ich fort: »Und wie war es sonst? Kann er sie sonst irgendwie kennengelernt haben?«

Diesmal kam die Antwort von Hulmer. »Terry hat diese Biene ganz bestimmt nicht gekannt. Sie war 'ne Kokserin, und wenn sie mal nicht am Broadway auf den Strich ging, lag sie in ihrer Bude, bis zu den Ohren voll.«

»Woher wissen Sie das? Kate, stand in den Zeitungen, daß sie rauschgiftsüchtig war?«

Kate nickte. »Ich hab auch gelesen, daß sie unter Rauschgift stand, als sie starb.«

»Also gut.« Ich sah die Gesichter vor mir eines nach dem anderen an. »Jetzt brauche ich eine absolut ehrliche Antwort. Und niemand außerhalb dieses Raumes wird davon erfahren.«

»Das wissen wir«, sagte Abe Selkin.

Ich fragte: »War auch Terry Wilford rauschgiftsüchtig?«

Selkin schüttelte den Kopf. »Absolut nicht.«

»Und wie ist mit Ihnen? Ist von Ihnen jemand süchtig?«

»*So* blöd sind wir nun doch nicht«, erwiderte Selkin.

Hulmer ergänzte: »Wir nehmen kein Rauschgift, Mr. Tobin. Darauf können Sie sich verlassen.«

»Und was war mit George Padbury?«

Sein Bruder, Ralph Padbury, hatte bis jetzt stumm in seinem Stuhl gesessen. Er schien noch so benommen, daß er der Unterhaltung gar nicht folgen konnte. Aber jetzt schoß er plötzlich hoch, wütend. »Mein Bruder? Er hat das Zeug nie angerührt! Wie kommen Sie sich eigentlich vor?«

»Tut mir leid. Ich muß diese Fragen stellen. Ich muß einfach wissen, woran ich bin.«

»Mein Bruder ist tot, verstehen Sie das nicht?«

Vicky Oppenheim legte Padbury die Hand auf den Arm. »Schon gut, Ralph, wir alle wissen das. Darum sind wir schließlich hier. Mr. Tobin will doch nichts Böses gegen George sagen. Er muß nur die ganze Wahrheit wissen.«

»Dann soll er dabei aber George aus dem Spiel lassen.«

Vicky schüttelte den Kopf. »Nein, das kann er nicht. Er muß alles wissen, auch über George. Über mich, über Abe, über Hully. Und über dich auch, Ralph.«

Aber Padbury machte wütend seinen Arm frei. »Ich habe mit der ganzen Sache überhaupt nichts zu tun. Das habe ich euch gleich am Anfang gesagt. Es geht mich nichts an. Ich habe mein eigenes Leben, ich muß ... ich habe ...«

»Ich weiß genau, was Sie meinen, Mr. Padbury«, sagte ich. »Mir geht es ebenso. Aber die Lage ist nun einmal ...«

»Aber es ist doch nicht mein Leben, das ruiniert ist.« Und dann schrie er mich an: »Was geht das eigentlich *Sie* an? Was haben Sie damit zu tun? Oder ihr alle? Was habt ihr denn damit zu tun! Ihr habt doch schließlich nicht auf euren ... euren guten Ruf zu achten. Habt ihr etwa eine Karriere, eine Zukunft, an die ihr denken müßt?«

»Mr. Padbury«, begann ich, da läutete die Türklingel. Kate

stand auf. Ich fuhr fort: »Keiner von uns ist hier, um den anderen irgendwie anzuschuldigen. Wir wollen niemanden ruinieren. Ich muß nur wissen, was los ist, mehr nicht.«

»Meinetwegen. Aber lassen Sie mich aus dem Spiel.« Ralph Padbury stand auf, zitternd vor Erregung. »Ich weiß gar nicht, warum ihr mich hierher gerufen habt. Hulmer, ich hab dir doch gleich gesagt, daß ich nicht weiß, was ich hier soll und . . .«

Ich fragte ruhig: »Mr. Padbury, kannten Sie Irene Boles?«

»Was?«

Die Frage hatte ihn sichtlich aus dem Gleis geworfen. Er plinkerte mich verständnislos an. »Wen?«

»Die Ermordete.«

»Die Hure? Nein, ganz bestimmt nicht!«

»Ich habe es auch gar nicht angenommen«, beschwichtigte ich ihn. »Aber Robin Kenelly kannten Sie doch?«

»Natürlich kenne ich Robin. Jeder hier kennt Robin.«

»Sie ist im Gefängnis«, warf ich ein.

»Im Polizeikrankenhaus«, korrigierte mich Hulmer. Er fügte hinzu: »Aber das ist wohl dasselbe.«

Padbury sagte aufgeregt: »Ich kann auch für sie nichts tun. Ich weiß, was ihr alle sagen wollt, aber es gibt rein gar nichts, was ich für sie tun könnte.«

Er war jetzt doch etwas ruhiger geworden. »Soviel ich weiß, geht es ihren Eltern finanziell ganz gut. Sie haben sich bestimmt gute Anwälte für Robin genommen. Wenn sie unschuldig ist, dann wird sie sicher . . .«

Abe Selkin unterbrach ihn. »Mensch, Ralph, denkst du etwa, Robin hat George umgebracht?«

»Na schön. Natürlich denke ich das nicht. Aber es ändert doch nichts an der Sache. Ich kann ihr nicht helfen.«

»Aber Sie können *mir* helfen«, gab ich zu bedenken. »Und ich versuche, Robin zu helfen.«

»Was wollen Sie denn unternehmen?«

»Mitch«, kam es von der Tür.

Ich drehte mich um. Da stand Kate und neben ihr ein Mann, der seinen Blick mit sarkastischem Grinsen von Gesicht zu Gesicht schweifen ließ. Es war Edward Donlon. Der Greifer, der diese ganze Sache in Gang gesetzt hatte.

»Das ist ja eine nette Versammlung«, meinte Donlon. Er kam ein paar Schritte näher. »Worum geht's denn?«

11

Ich stand auf. »Wollten Sie mich sprechen?«

»Mir gerade recht, euch hier alle auf einen Haufen zu treffen.« Donlon starrte Ralph Padbury an. »Wer bist du denn? Dich kenne ich doch irgendwie.«

»Er ist mein Gast«, warf ich ein. »Wie die anderen auch. Kate, bleibe bitte bei unseren Gästen. Mr. Donlon und ich werden uns in der Küche unterhalten.«

»Sie wissen also, wer ich bin.«

»Man hat es mir gesagt.«

»Wer war denn da so freundlich?«

»George Padbury.«

Er zwinkerte, dann starrte er wieder Ralph Padbury an. »Genau. Dem siehst du ähnlich: George Padbury.«

Ich ging zur Wohnzimmertür. »Kommen Sie, wir können uns in der Küche unterhalten.«

»Warum bleiben wir nicht hier?« wollte er wissen. »Ich will Sie gar nicht unterbrechen. Machen Sie ruhig weiter. Tun Sie, als ob ich gar nicht da wäre. Worum geht es eigentlich, Fass?«

»Donlon, wollen Sie Stunk machen?« fragte ich.

Er sah mich an und spielte den Erstaunten. Der schwere, ausladende Unterkiefer, der stets aussah, als hätte er eine Rasur nötig, trog. Denn er lenkte von den intelligenten, schnellen Augen ab. Donlon sah fast aus wie ein behäbiger Hornochse. Aber nur fast. Er war gerissen, und man konnte sicher sein, daß er nichts ohne guten Grund tat.

Jetzt meinte er prüfend: »Was soll das, Tobin? Ich mache doch nur einen Freundschaftsbesuch. Sie sitzen mit Ihren neuen Freunden hier, oder? Das sind doch nicht etwa alte Freunde von Ihnen, Tobin?«

Ich blieb hart. »Entschuldigen Sie mich«, sagte ich und ging um ihn herum zur Tür.

»Wo gehen Sie hin? Ich denke, Sie sind hier der Gastgeber.«

»Ich rufe Captain Driscoll an«, antwortete ich über die Schulter. »Vielleicht klärt *er* mich über den Zweck Ihres Besuches auf.«

»Das reicht jetzt, Tobin.« Seine Stimme klang plötzlich stahlhart.

Ich drehte mich um und sah ihm ins Gesicht. »Wir sind hier in meinem Haus, und in meinem Haus entscheide ich, was reicht und was nicht reicht, wer mit wem spricht und wann Leute kommen und gehen. Sind Sie etwa dienstlich hier?«

»Nein. Das hab ich doch schon gesagt.«

»Wenn Sie mit mir sprechen wollen, dann unter vier Augen, in der Küche. Kommen Sie? Oder wollen Sie etwa gehen?«

Das gefiel ihm gar nicht. Er hätte lieber den starken Mann gespielt, nicht so sehr meinetwegen, als vor den jungen Leuten. Aber das konnte er nun nicht mehr und das ärgerte ihn. Er fühlte sich gehemmt wie ein Mann in zu engen Schuhen.

Doch er fand sich mit dem Unvermeidlichen ab, zuckte die Schultern und grinste mich an. »Na schön, dann gehen wir eben in die Küche, Tobin. Mit den Leuten hier kann ich mich ja ein andermal unterhalten.«

»Genau. Kommen Sie.« Ich drehte mich wieder um, ging auf den Flur und hörte, wie er hinter mir herkam. Im Wohnzimmer herrschte Schweigen.

Vor der Küche blieb ich stehen und ließ Donlon an mir vorbei. Ich schloß die Tür hinter uns. Es war wohl das zweitemal in fünfzehn Jahren, daß diese Tür geschlossen blieb.

»Setzen Sie sich, wenn Sie wollen«, sagte ich.

Aber er wollte nicht, drehte sich um und starrte mir ins Gesicht. Seine Miene war jetzt eiskalt. »In was lassen Sie sich ein? Was brüten Sie und diese Gören da aus?«

»Sie werden ja schon wieder offiziell.«

»Haben Sie noch nicht genug Ärger? Sie sollten sich aus solchen Sachen raushalten.«

Ich fragte unschuldig: »Was kümmern Sie sich überhaupt darum? Wissen Sie denn nicht, daß Driscoll mich heute vernommen hat?«

»So?«

Das hatte er offensichtlich nicht gewußt. Seine Augen verengten sich, er ballte die Hände. »Weswegen?«

»Wegen meiner Aussage. Sie gefiel ihm nicht, also habe ich sie geändert.«

Er war sich offenbar nicht im klaren, was ich damit sagen wollte. Mißtrauisch fragte er: »Sie haben Ihre Aussage geändert? Inwiefern?«

»So: Von meiner Cousine Robin Kenelly erfuhr ich, daß ein Kriminalbeamter im Ostblick-Café aufgetaucht war. Er hatte gesagt, daß gewisse Bestimmungen nicht eingehalten worden seien.

Die Leute vom Café wußten nicht, was sie machen sollten, deshalb bat mich Robin, einmal mit dem Polizeibeamten zu sprechen. Ich sollte herausfinden, was nötig war, um die Bestimmungen einzuhalten.«

Das Mißtrauen verschwand aus seinen Augen, sie zeigten jetzt sogar den Anflug eines Lächelns. »Da hör' mal einer an. Das wollte der Captain also von Ihnen?«

»Ob er's wollte, weiß ich nicht; er bekam es jedenfalls.«

»Und war damit glücklich?«

»Jedenfalls zufrieden.«

»Ausgezeichnet.« Seine Miene wurde jetzt fast freundlich. Er nickte. »Das war klug von Ihnen, Tobin, sehr klug. Sie wissen also genau, daß man ein leckgeschlagenes Boot nicht zu sehr schaukelt.«

»Mag sein«, antwortete ich kurz angebunden.

Sein Lächeln war plötzlich fortgewischt. »Ich verstehe Sie nicht, Tobin«, erklärte er. »Erst, bei Driscoll, benehmen Sie sich wie ein kluger Bursche, und jetzt machen Sie so was Idiotisches.«

»Inwiefern?«

»Indem Sie diese Leute hier empfangen. Das sind doch geborene Banditen, Tobin. Gammler, Grünschnäbel – Bohemiens.« Er betonte das letzte Wort ironisch. »Wollen Sie für diese Burschen etwa den Oberpfadfinder spielen? Sie kennen die Sorte doch ganz genau. Damals, als Sie noch im Dienst waren, sind Ihnen solche Strolche doch oft genug über den Weg gelaufen.«

Ich wußte, was ihn plagte. Jede größere Stadt, ganz besonders New York, ist ein unwiderstehlicher Anziehungsort für das junge Volk, das Donlon so schwer im Magen lag. Da sammeln sie sich zuhauf, mehr oder weniger entwurzelte Jugendliche, die ihrem Zuhause den Rücken gekehrt haben. Sie sind durchgegangen, zum Teil aus krankhafter Rebellion gegen jede Art von Autorität, zum Teil aber auch, weil sie unbestimmte Angst vor der Zukunft haben. Da sitzen sie nun in Horden herum, haben zu viel Zeit und zu wenig Geld, langweilen sich, werden unruhig. Jede Abwechslung ist ihnen recht, ob Rauschgift, Sex oder politische Aktivität, oder auch nur eine simple Schlägerei in irgendeiner Kneipe. Viele von ihnen kommen früher oder später mit der Polizei in Konflikt. Und die »Bullen« sind für sie dann Verkörperung alles dessen, gegen das sie sich auflehnen. Denn der Polizist ist das naheliegendste und veständlichste Symbol der Autorität, und

Autorität ist dazu da, gehaßt und bekämpft zu werden. Berufsverbrecher sind für die Polizei leichter zu verdauen als die zähen Auseinandersetzungen mit den Angehörigen dieses Kultes, der sich die rebellische Jugend nennt.

Schön, die jungen Leute, die da jetzt so verschüchtert in meinem Wohnzimmer saßen, waren bestimmt keine Gänseblümchen. Man konnte ruhig wetten, daß sie sich in dem Kult ganz gut auskannten, daß sie mit ihm und seinen Motiven sympathisierten und wohl auch die gleichen Gefühle gegen die Polizei hegten. Aber man konnte sie nun wirklich nicht mit Gammlern in einen Topf werfen. Vicky Oppenheim, etwas anders gekleidet und vielleicht ein wenig pingeliger in der Ausdrucksweise, konnte ohne weiteres bei einem Nachmittagskaffee der Kirchengemeinde zu Ehren kommen. Abe Selkin und Hulmer Fass waren beide viel zu intelligent und introvertiert, um sich mit einem solchen Kumpeldasein zu identifizieren. Ralph Padbury aber war sowieso eine ganz andere Schuhgröße. Er hielt schon gar nichts von der Boheme, wie Donlon es auszudrücken beliebte.

Aber wie dem auch sei, Donlons Ansichten hatten ohnehin nichts mit der Sache zu tun. Auf jeden Fall ging es ihn nichts an, was die jungen Leute in meinem Wohnzimmer suchten. Und damit hielt ich auch nicht hinter dem Berg. »Ich kann in mein Haus einladen, wen ich will.«

»Dummes Zeug«, erwiderte er. »Ihr sitzt doch da nicht nur herum und spielt Mensch-ärgere-dich-nicht. Diese Ansammlung hat etwas zu bedeuten, und Sie sollen mit von der Partie sein. Hab ich etwa nicht recht? Die hecken doch was aus.«

»Was sollen sie denn schon aushecken? Ich sagte Ihnen doch, daß ich meine Aussage vor Ihrem Captain geändert habe. Sie haben von mir nichts zu befürchten, und von den jungen Leuten in meinem Wohnzimmer schon gar nichts.«

»Warum sind sie dann hier?«

»Das ist ihre Sache«, gab ich zurück.

»Wenn ich will, ist es auch meine Sache.«

Ich schüttelte den Kopf. Wir standen da, sahen uns feindselig an und haßten uns. Ich ihn, weil er arrogant und bestechlich war. Er mich, weil ich für ihn eine unbekannte Größe bedeutete und ihm Unannehmlichkeiten bereiten konnte. Schließlich zuckte er die Schultern: »Was soll ich mich aufregen? Ich komm' sowieso dahinter.«

»Belästigen Sie nur ja diese Kinder nicht.«

Er sah mich wieder mit gespielter Überraschung an. »Wie kommen Sie überhaupt darauf, daß ich mir die Mühe machen sollte?«

»Wir hatten ein paar von Ihrem Schlag, damals, bei mir im Revier.«

Das ging ihm unter die Haut. »Aber wir haben keine mehr von Ihrem Schlag, Tobin, und sind froh darüber.«

Ich habe es mir abgewöhnt, auf grobe Beleidigungen zu reagieren, also sagte ich nur: »Denken Sie daran, Donlon, lassen Sie die Kinder in Ruhe.«

»Sonst?«

»Sonst mache ich Ihnen Schwierigkeiten.«

Er starrte mich an; sicher war er seiner Sache jedenfalls nicht. »Denken Sie, Sie könnten das? Ein Mann mit Ihrer Vorgeschichte? Wie wollen Sie jemandem Schwierigkeiten machen?«

»Das weiß ich nicht. Ich könnte es auf jeden Fall versuchen. Immer noch kenne ich einige Leute, auf die es ankommt. Ich glaube, ich würde einen ganz schönen Stunk auf die Beine bringen.«

Er wollte explodieren, gab sich aber einen Ruck und wandte sich ab. Er tigerte einmal um den Küchentisch herum, blieb vor dem Eisschrank stehen, und ich hörte ihn etwas murmeln. Dann fuhr er sich mit der Hand übers Gesicht. Es war eine müde Geste. Schließlich schüttelte er sich wie ein Hund, der aus dem Wasser steigt.

In diesem Augenblick öffnete sich die Küchentür; wir fuhren beide zusammen. Bill kam hereinspaziert, offensichtlich völlig in Gedanken versunken. Zwei Schritte vor uns blieb er stehen, blinzelte erschreckt. »Entschuldige, Dad«, stotterte er. »Ich wußte nicht, daß jemand drin war. Dachte, ihr seid alle im Wohnzimmer.«

Donlon starrte Bill an, mit einem eigenartigen Blick. Wie ein Mann, der nach langer unfreiwilliger Trennung einen nahen Verwandten wieder sieht. Als er sprach, war seine Stimme ganz verändert. »Dein Vater und ich, war hatten nur etwas unter vier Augen zu bereden, mein Sohn«, sagte er. »Aber wir waren gerade fertig.«

»Ich brauche nur ein paar Werkzeuge«, meinte Bill entschuldigend. Er ging zur Werkzeugschublade neben der Spüle.

Donlon fragte: »Du bastelst dir wohl was zusammen, oder?«

»Jawohl, Sir.« Bill angelte sich die Drahtschere und den kleinsten Schraubenzieher.

»Ein Modellflugzeug?« wollte Donlon wissen.

»Nein, Sir. Ich baue Radios«, antwortete Bill artig. »Entschuldigen Sie mich jetzt bitte.«

Er marschierte ab und Donlons Augen folgten ihm. Gedankenverloren schüttelte er den Kopf. »So sind freundliche, gute Kinder. Ich mag Kinder.« Dann wandte er sich direkt an mich. »Tobin, als Sie noch bei der Polizei waren, haben Sie da in Ihrer Freizeit auch in der Jugendfürsorge gearbeitet?«

»Nein, dazu hatte ich nie Zeit.«

»Na ja, schließlich haben Sie auch eigene Kinder. Ich werde nie welche haben. Viele Jahre lang dachte ich, das läge an meiner Frau. Aber es liegt an mir. Der Arzt sagt, ich kann keine Kinder haben.« Wieder fuhr er sich mit der Hand übers Gesicht, und als er sie fortzog, war seine Miene so hart und verbissen wie je. Auch seine Stimme klang wieder anders. »Aber wenn sie dann aufwachsen, ändern sie sich. Dann werden üble Burschen aus ihnen, aus den meisten jedenfalls. Wie die da drinnen. Die kleineren, die mag ich, aber später werden sie alle schlecht.«

»Nicht alle.«

»Ach, was geht's mich an?« Er kaute einen Moment an seinen Handknöcheln. Dann schüttelte er den Kopf. »In der anderen Sache, da sind wir uns also einig?«

»Werden Sie die Kinder da drin in Ruhe lassen?« stellte ich die Gegenfrage.

Er streckte die Hand aus. »So gut ich kann.« Seine Augen glänzten tückisch.

Ich traute ihm nicht über den Weg, aber ich wußte, daß ich nicht noch mehr aus der Sache herausholen konnte, deshalb sagte ich: »Na gut. Die Abmachung soll gelten.«

»Also, dann geht jetzt jeder nach Hause.« Er sagte es nicht gerade drohend; es klang auch nicht wie ein Befehl, sondern so, als wäre es die natürlichste Folgerung der Welt.

Für mich war es das aber nicht. »Hören Sie jetzt endlich auf.«

Einen Augenblick schien er verwirrt. Als verstünde er gar nicht, daß ich noch etwas an ihm auszusetzen hatte. Schließlich meinte er: »Na schön, Tobin, machen wir es auf Ihre Weise. Spielen Sie Ihr Spielchen nur weiter, was immer dahinter steckt. Aber ich rate Ihnen, bleiben Sie mit dem Gesicht unter Wasser.«

»Werd' ich.«

»Würden Sie jetzt bitte Ihre Gäste von mir grüßen?« bat er übertrieben höflich. Dann ging er um mich herum und stieß die Küchentür auf.

Ich folgte ihm in den Flur und zur Haustür. Er öffnete, trat hinaus und ließ die Tür hinter sich offen. Ich stand dort im Halbdunkel, die Hand auf der Klinke, und sah ihm nach. Er ging durch das Zwielicht zum Wagen, einer schwarzen alten Limousine, die am Bordstein geparkt stand.

Als er abgefahren war, schloß ich die Haustür und ging zurück ins Haus.

12

Im Wohnzimmer herrschte jetzt Leben. Die Unterhaltung war aufgeregt; mehr oder weniger sprachen alle auf Kate ein, die lächelnd nickte und kein Wort verstand. Die Vorbehalte waren abgelegt; Vicky sprudelte und verschluckte sich an ihren Erklärungen, pummelig hüpfte sie wie ein Gummiball auf dem Sofa auf und nieder. Abe Selkin sprach schnell und präzise, mit knappen Gesten; er wirkte wie ein erfolgreicher Parteifunktionär. Hulmer schloß sich nicht aus, aber er blieb, wie es seine Art war, immer ein wenig abseits und beobachtete das Treiben mit dem ihm eigenen amüsierten Lächeln. Ralph Padbury aber, der künftige Rechtsanwalt, saß aufrecht und in Hab-acht-Stellung auf seinem Stuhl. Er würzte das Durcheinander mit juristischen Details, sooft ihm der Wortschwall der anderen eine Chance gab.

Als ich herein kam, versickerte das Gespräch sofort. Alle sahen mich an. Ich räusperte mich. »Es ist in Ordnung. Er ist weg.«

Abe Selkin meinte in seiner kurzen energischen Art: »Der hat also einen von uns hierher verfolgt.«

»Kann sein«, antwortete ich.

»Und was jetzt?« wollte Hulmer wissen. »Wird er sich weiter an uns hängen?«

»Nein. Wir haben eine Art Abkommen geschlossen. Er läßt uns in Ruhe, und wir ihn.«

Hulmers Lächeln war skeptisch. »Wieso wir ihn?«

»Wir versuchen nicht, ihn in Schwierigkeiten zu bringen, weil er auf Bestechung aus war.«

Ralph Padbury machte den juristischen Haken geltend. »Wir haben nicht den geringsten Beweis gefunden, daß er überhaupt auf Bestechung aus war. Darum haben wir kein Material.«

»Das weiß ich«, gab ich zurück. »Aber wir könnten immerhin etwas Staub aufwirbeln, und wenn Donlons Beförderung an der Reihe wäre, würde man sich daran erinnern. Daß wir es nicht tun, ist ihm schon etwas wert. Auch wenn wir« – ich deutete auf Padbury – »mit der Sache nie vor Gericht gehen könnten.«

»Dieser Waffenstillstand scheint mir auf ziemlich wackligen Beinen zu stehen«, sagte Hulmer.

»Ganz recht.« Ich setzte mich. »Aber wir haben Zeit gewonnen.« Ich nahm mein Notizbuch wieder zur Hand. »Wollen wir weitermachen? Mit Irene Boles waren wir soweit fertig: Nutte, rauschgiftsüchtig, keine bekannten Verbindungen zu Terry Wilford oder sonst einem von euch.« Ich sah auf. »Hat schon jemand herausgefunden, wie sie ins Café gekommen ist?«

Der Erfolg der Unterbrechung war, daß Padbury seine frühere Hysterie anscheinend vergessen hatte. Er saß ruhig und aufmerksam da, von Revolte keine Spur mehr.

Die Antwort auf meine Frage kam von Abe Selkin. »Die Polizei geht von der Theorie aus, daß Terry das Mädchen morgens eingelassen hat. Terry und Irene Boles hatten nämlich nach Ansicht der Polizei etwas miteinander. Sie sollte das Gebäude auf jeden Fall verlassen haben, ehe Terry mit Robin zurückkam. Aber sie steckte bis obenhin voll Rauschgift; also schaffte sie es nicht. Als Terry und Robin dann nach oben gingen, sah Robin das Mädchen da liegen, drehte durch und machte sich ans Abschlachten. Soweit die Version der Polizei.«

»Hat die Polizei denn den geringsten Anhaltspunkt, daß Terry das Mädchen kannte?«

Niemand antwortete. Schließlich sprang Kate ein. »In den Zeitungen hat jedenfalls nichts davon gestanden.«

»Na schön.« Ich machte mir eine Notiz. Diesen Umstand würde ich nachprüfen müssen. Dann fuhr ich fort: »Als nächstes muß ich möglichst bald alle anderen Leute kennenlernen, die Wilford kannten. Freunde und Feinde, frühere Freundinnen, überhaupt jeden, der in der Sache eine Bedeutung haben könnte.«

»Was soll das?« wollte Selkin wissen.

»Jemand hat ihn ja schließlich umgebracht. Und man kann ruhig davon ausgehen, daß es einer war, der ihn kannte.«

Selkin war nicht überzeugt. »Warum nicht jemand, der das Mädchen kannte? Diese Irene Boles.«

»Auch möglich«, meinte ich. »Aber der Mord fand in Wilfords Wohnung statt. Demnach ist es wahrscheinlicher, daß er ursprünglich das Opfer werden sollte. Natürlich kann es sich auch erweisen, daß der Mörder sozusagen ein Bindeglied zwischen den beiden war, also jemand, der sowohl Terry Wilford als auch Irene Boles kannte.«

Mit seinem typischen Grinsen mischte sich Hulmer ein. »Vielleicht jemand wie ich?«

»Kann schon sein.« Ich nickte ihm zu. »Aber ich bin nicht unbedingt der Ansicht, daß alle Neger sich untereinander kennen müssen.«

Hulmers Mienenspiel registrierte nacheinander Überraschung, Ärger und dann Amüsement. Schließlich lachte er geradezu und meinte: »Eins zu null für Sie, Mr. Tobin. Ich halte ab jetzt den Mund.«

»Um so besser.« Ich deutete mit dem Bleistift in die Runde. »Als nächstes also Wilfords Verwandtschaft.«

»Am Ort überhaupt keine«, erklärte Selkin.

Vicky Oppenheim platzte dazwischen. »Wissen Sie, eigentlich ist von uns gar niemand in New York geboren. Na ja, Abe und Hully natürlich, aber die zählen hier ja nicht. Terry kam aus Oregon, aus irgendeiner kleinen Stadt dort.«

»Na gut«, stellte ich fest. »Und Feinde?«

Vicky schüttelte den Kopf. »Jeder mochte Terry leiden.«

Aber ich ließ das nicht gelten. Diese Floskel hatte ich zu oft von Angehörigen oder Freunden eines Verstorbenen gehört. Also sagte ich: »Nein, jeder Mensch hat Feinde, sogar die Heiligen.«

Vicky lachte. »Keiner hat behauptet, daß Terry ein Heiliger war.«

Zu spät ging ihr auf, daß das wohl nicht die richtige Bemerkung über einen Toten war. Sie schlug die Hand vor den Mund und blinzelte uns zerknirscht an.

Aber Selkin sorgte für Ablenkung. »Jack Parker, da wär' doch schon einer.«

Ich notierte mir den Namen. Vicky, die ihre Zerknirschung schon wieder vergessen hatte, sagte zu Selkin: »Was? Nie und nimmer! Das alles war doch schon vor einem halben Jahr längst ausgestanden.«

»Aber Freunde sind sie hinterher nie wieder gewesen«, antwortete ihr Selkin.

Ich fiel ein: »Nun mal langsam. Wieso hinterher? Was war vorgefallen?«

Selkin wandte sich mir zu. »Ganz einfach. Jack hatte ein Mädchen. Terry spannte ihm die Biene aus, aber später ging sie zurück zu Jack.«

»Wie heißt das Mädchen?«

»Ann«, ließ sich Vicky vernehmen. »Aber Jack Parker ist überhaupt nicht mehr wütend auf Terry, Abe, wirklich nicht. Schon seit Monaten nicht mehr.«

Selkin zuckte die Schultern.

Ich fragte: »Ann? Und wie weiter?«

Es stellte sich heraus, daß niemand den Nachnamen des Mädchens wußte. Für sie hatte sie immer nur Ann geheißen. Trotzdem wollte ich wissen: »Kann ich sie irgendwie erreichen?«

»Klar«, sagte Selkin. »Sie lebt wieder mit Jack zusammen. Der hat eine Bude in der Sullivan Street.«

Ich notierte die Adresse. »Und weiter? Noch mehr Feinde?«

Alle dachten angestrengt eine Weile nach. Dann erklärte Hulmer: »Zur Not ist da immer noch Bodkin.«

Selkin sah ihn stirnrunzelnd an. »Das ist doch wohl etwas weit hergeholt, Hully.«

Vicky sprang geradezu an auf die Bemerkung. »Nicht weiter jedenfalls als die Sache mit Jack.«

Ich unterbrach sie schnell, Streit konnte ich am allerwenigsten gebrauchen. »Erzählen Sie mir ruhig von Bodkin.«

Hulmer kam der Aufforderung nach. »Als Terry damals nach New York kam, wohnte er zuerst mit diesem Knaben zusammen. Sie kannten sich von der Schule her oder irgendwie. Dieser Bodkin, das war ein richtiger Schmarotzer, verstehen Sie? Ein Pumpgenie. Fremde Hemden, fremde Jacken, fremder Schnaps, fremdes Brot, kurz alles, was er irgendwie bekommen konnte, und wenn man mit einem Mädchen allein sein wollte, ging er einem nicht von der Pelle. Terry hatte einmal eine alte Karre, einen alten Morris Minor. Bodkin borgte ihn sich natürlich. Und prompt baute er einen Unfall, auf der Seventh Avenue im Regen. Und was machte er? Ließ die Kiste einfach stehen. Die hatte sich nämlich in einen geparkten Ford verkeilt. Terry hatte danach ganz schön was auszustehen.«

Vicky sprang ein. »Allerdings, und was dann kam, war schließlich auch nur recht und billig.«

»Klar war's das«, meinte Hulmer besänftigend. »Aber darauf kommt es doch hier gar nicht an, Schätzchen.«

»Was kam dann?« fragte ich.

Wieder Hulmer. »Terry hat Bodkin ein bißchen verprügelt. Dann nahm er Bodkins Tonbandgerät und noch ein paar andere Sachen, versetzte sie und bezahlte damit den Schaden. Schließlich schmiß er Bodkin kurzerhand raus. Der wollte sich rächen und versuchte die Polizei auf Terry zu hetzen. Da platzte Terry endgültig der Kragen, und er gab die ganze Geschichte zu Protokoll. Bodkin hatte nicht mal einen Führerschein. Er kassierte dreißig Tage Knast.«

»Was geschah danach?«

Hulmer zuckte die Schultern. »Nichts. Bodkin ließ sich nie wieder sehen.«

Selkin fiel ein: »Das alles war vor anderthalb Jahren. Wenn Bodkin deswegen Stunk machen wollte, hätte er's längst getan.«

»Wie heißt Bodkin mit Vornamen?«

»Irgend was ganz Komisches«, antwortete Hulmer. »Vicky, weißt du's noch?«

»Ich denk doch schon die ganze Zeit nach.« Sie rollte angestrengt die Augen. Schließlich rief sie aufgeregt: »Claude!«

»Stimmt, Claude Bodkin. Typisch für den Kerl.« Hulmer wandte sich grinsend an mich. »Hört sich das nicht toll an?«

Ich schrieb den Namen in mein Notizbuch. »Soweit seine Feinde«, stellte ich fest. »Und wie ist es mit Freunden? Hatte er sonst noch Freunde außerhalb eurer Gruppe?«

»Willy Fedders«, berichtete Selkin. »Aber der ist weg, in irgendeinem Sommerlager.«

Vicky ließ sich vernehmen. »Da war doch so'n Mädchen, Chris heißt sie. Was wurde eigentlich aus der?«

Hulmer antwortete: »Sie hat einen von der Marine geheiratet. Lebt jetzt irgendwo in Kalifornien.«

Ralph Padbury, der nach seinem aufbrausenden Zwischenspiel ziemlich ruhig und schüchtern geworden war, lehnte sich plötzlich vor. »Und was ist mit Ed Regan?«

»Richtig, Ed Regan«, fiel Selkin ein. Und zu mir: »Ed ist der Knabe, der mit Terry im gleichen Haus wohnte, damals, bevor er rüber ins Café zog.«

»Wo liegt das Haus?«

»In der Elften, im Osten. Wie war doch gleich die Nummer? Ach ja, 318 A. Es ist ein Hinterhaus. Man muß bei 318 reingehen und dann auf den Hof.«

»Na gut. Sonst noch jemand?« Sie gaben sich wirklich Mühe, warfen mit Namen um sich, aber es fiel ihnen kein geeigneter Kandidat mehr ein. Sofern Terry Wilford noch weitere Freunde gehabt hatte, befanden sie sich alle nicht in der Stadt. Es gab noch ein paar lose Bekanntschaften, aber die nützten mir nichts. Also ging ich einen Schritt weiter: »Und nun zum Café. Wer hatte eigentlich die Idee dazu?«

Vicky antwortete: »Terry. Er sprach zuerst mit Abe darüber, nicht wahr, Abe?«

»Nein, erst mit George«, antwortete Selkin. »Er kam mit George zu mir, und dann gingen wir alle drei zu Ralph. Entschuldigung, alle vier. Robin war auch dabei.«

Ralph Padbury hielt es für angebracht, die Lage juristisch zu klären. »Verstehen Sie, ich selbst war kein Partner dieses Unternehmens. Ich war nur der Ratgeber in den rechtlichen Angelegenheiten.«

»Das wissen wir«, beruhigte ich ihn. »Wußte Terry schon von dem Gebäude, als ihm die Idee kam?«

»Das Gebäude hat ihn überhaupt erst auf die Idee gebracht«, antwortete Vicky. »Ed Regan hatte ihm davon erzählt.«

Selkin ergänzte: »Eds Mutter gehört zu dem Klub.«

»Na schön. Die Idee stammte also von Terry. Damit ging er zuerst zu George Padbury. Warum eigentlich?«

Ralph Padbury beantwortete die Frage für seinen toten Bruder. »George hatte schon öfter in Cafés gearbeitet. Er wußte darüber Bescheid.«

»Als Manager?«

»Nein, als Koch.«

»Gut. Und dann kamen die beiden zu Ihnen?« fragte ich Selkin. »Warum als nächstes zu Ihnen?«

Selkin rieb sich die Nase. »Wegen Geld natürlich«, erklärte er. »Sie wußten, daß ich etwas gespart hatte. Außerdem bin ich geschäftlich auf der Höhe. Ich bin der Manager.«

»Und Robin war also nur als Terrys Freundin dabei?«

»Und als Kellnerin«, sagte Vicky. »Wir beide, Robin und ich, wir waren die Kellnerinnen.«

»Wer hat Sie denn in die Sache hereingebracht?« erkundigte ich mich bei Vicky.

»Robin. Wir waren befreundet, schon seit der Schulzeit.«

Ich wandte mich an Hulmer. »Und wie kamen Sie dazu?«

»Genau wie Abe«, meinte er grinsend. »Ich hatte auch etwas Geld. Außerdem braucht man heute einen Neger, wenn man ein Geschäft anfängt. Von wegen Rassenintegration.«

Selkin fiel ein: »Hulmer ist Mechaniker und versteht sich auf alle Reparaturen. Er hat auch die ganze Kücheneinrichtung ausgesucht, die Tische, und so weiter.«

Ich fragte Hulmer: »Wer kam denn mit der Sache zu Ihnen?«

»Terry. Nein, Terry und George. Die beiden stöberten mich an meiner Arbeitsstelle auf.«

»Wo war das?«

»In einem Stereo-Spezialgeschäft an der Achten.«

»Haben Sie alle Ihre Jobs für diese Sache an den Nagel gehängt?«

»Blieb uns nichts anderes übrig«, antwortete Selkin. »So ein Café ist schon eine Ganztagsbeschäftigung.«

»Das kann ich mir denken. Schön, gehen wir also weiter. Als nächstes die Schlüssel für die Vordertür. Ich nehme an, jeder von Ihnen hat einen?«

»Ich nicht«, sagte Padbury. »Verständlicherweise.«

»Aber die anderen alle?« Einhelliges Kopfnicken.

Ich fragte weiter: »Und sonst noch jemand? Außer den Partnern – Ihnen dreien und Robin, Terry und George – hatte außerdem noch jemand einen Schlüssel?«

Wieder Kopfschütteln. Selkin sagte: »Warum sollte sonst noch jemand einen Schlüssel haben?«

Ich sah ihn an. »Und was ist mit der Sekte, die Ihnen die Bude vermietet hat? Gab es dort keinen Schlüssel mehr?«

»Stimmt, natürlich!« Selkin war empört über sich selbst. »Tut mir furchtbar leid, daran hab ich überhaupt nicht gedacht.«

»Sonst niemand mehr?«

Diesmal nahmen sie sich mehr Zeit zum Überlegen. Aber es fiel ihnen beim besten Willen niemand mehr ein. Daraufhin fragte ich: »Wenn Sie mit der Sekte zu tun haben, mit wem verhandeln Sie dann?«

»Gleich mit dem Obermotz«, erklärte Hulmer mit gespieltem Stolz. »Mit dem Bischof höchstpersönlich.«

Selkin war sachlicher. »Er heißt Walter Johnson. Bischof Walter Johnson. Er nennt sich wirklich Bischof.«

»Wie heißt die Sekte?«

»Samariter der neuen Welt«, sagte Selkin. »Sie hausen jetzt in der Avenue A. Dort haben sie einen Laden umgebaut, mit Blick auf den Park.«

»Sie meinen den Tompkins Square Park?«

»Stimmt.«

»Okay.« Ich überflog noch einmal meine Notizen. Es sah aus, als hätte ich alles bedacht. Selkin fragte ich: »Könnten Sie diesen Bischof Johnson anrufen? Sagen Sie ihm, ich käme ihn besuchen. Und daß ich auf Ihrer Seite stehe.«

»Gemacht.«

»Und rufen Sie auch Ed Regan an. Bereiten Sie den ebenfalls auf meinen Besuch vor. Dann geben Sie mir bitte alle Ihre Telefonnummern und Adressen, ehe Sie gehen. Kann sein, daß ich den einen oder anderen später noch mal brauche.« Ich sah Hulmer an und spürte, daß er eine seiner typischen Bemerkungen loslassen wollte. Ich kam ihm zuvor. »Dafür könnte es die verschiedensten Gründe geben, Hulmer.«

Er grinste mich an. »Ich hab ja gar nichts gesagt, Mr. Tobin.«

Kate unterbrach uns. »Ist das jetzt alles?«

»Mehr fällt mir jedenfalls nicht ein. Oder hat jemand von Ihnen noch was? Vielleicht habe ich etwas übersehen.«

Aber keiner wußte noch einen Gedanken beizusteuern. Schließlich fragte Kate: »Wie wär's denn mit ein paar Erfrischungen? Vielleicht eisgekühlten Tee?«

Sie machten sich über den Tee und Kates selbstgebackene Plätzchen her. Alle mit Ausnahme von Ralph Padbury, dem die Gesellschaft immer noch alles andere als behaglich war. Er stotterte ein paar Ausreden und sah dann zu, daß er hinaus kam. Aber die anderen blieben. Sie plauderten vor allem mit Kate. Und zum erstenmal seit langer Zeit entstand so etwas wie eine Partyatmosphäre in unserm Haus.

Sie gingen schließlich gegen elf, nicht, ohne mir zuvor ihre Hilfe angeboten zu haben. Aber ich hatte nicht die Absicht, diese jungen Leute in meine Nachforschungen einzuspannen. Als sie fort waren, erklärte mir Kate, daß sie sie alle ins Herz geschlossen hätte. »Du glaubst doch nicht, daß einer von ihnen etwas mit dem Mord zu tun hat?«

»Bis jetzt glaube ich gar nichts.«

»Was wirst du denn nun anfangen?«

»Noch ein paar Anrufe erledigen und dann ins Bett gehen. Ich kann die Sache heute sowieso nicht mehr in Angriff nehmen.«

»Mitch, ich bin froh, daß du etwas unternimmst.«

»Ich weiß.« Ich rief zwei alte Bekannte bei der Polizei an, beides Männer, die mich auch nach dem Vorgefallenen immer noch als Freund betrachteten. Von ihnen wollte ich wissen, ob die mit der Untersuchung des Falles Beauftragten irgendein Indiz für ihre Annahme hatten, daß es schon vor den Morden irgendeine Verbindung zwischen Terry Wilford und Irene Boles gegeben hatte. Ich bat meine beiden Freunde, das nach Möglichkeit für mich herauszubekommen. Beide wollten es versuchen, aber versprechen konnten sie mir nichts. Dann ging ich zu Bett.

Der Schlaf wollte nicht kommen. Gegen meinen Willen ließ mich der Fall nun nicht mehr los. In meinem Kopf schwirrten kleine schwarze Schlangenlinien durcheinander. Früher oder später würden sich die Linien, wie von einem Magneten gezogen, zu einem Muster zusammenfügen. Sie würden einen Pfeil bilden, und dieser Pfeil würde auf ein bestimmtes Gesicht weisen. Aber noch gab es keinerlei Ordnung in dem Durcheinander.

Kurz vor Mitternacht läutete das Telefon. Es war Hulmer. »Ich bin hier bei Vicky«, sagte er. »Donlon ist uns gefolgt. Er hockt jetzt irgendwo da draußen.«

»Ist er Ihnen nur nachgegangen, oder hat er sonst noch irgend etwas unternommen?«

»Nein, nur nachgegangen.«

»Er will Ihnen Angst einjagen, damit Sie nichts unternehmen.«

»Auf jeden Fall bleibe ich heute nacht hier«, erklärte Hulmer. »Dieses dumme Schwein soll Vicky nicht belästigen.«

»Verständigen Sie mich, wenn noch etwas geschieht«, ermahnte ich ihn.

13

Als ich am nächsten Morgen das Haus verließ, hatte ich weder von Hulmer noch von meinen Freunden bei der Polizei gehört. Ich fuhr mit der Untergrundbahn nach Manhattan.

Der Tag würde wieder fürchterlich werden. Schon jetzt war es glühend heiß, aber außer der stechenden Sonne lastete drückende Schwüle auf der Stadt. Schon um zehn Uhr, als ich aus dem Haus trat, hatte ich das Gefühl, mich in einem Ballen heißer feuchter Wolle zu bewegen. Ich trug mein kurzärmeliges weißes Hemd oben offen und ohne Schlips, aber bis ich beim U-Bahnhof ankam, klebte es mir schon am Körper.

Wenigstens erwischte ich einen Zug, der fast leer war. Im Wagen war die Luft erträglich, aber ich wußte genau: Am anderen Ende lag Manhattan. Und das war bei diesem Klima noch viel schlimmer als Queens. Weil sich die Lower East Side mit der Untergrundbahn nur auf den verrücktesten Umwegen erreichen läßt und weil ich es nie geschafft hatte, mich an das komplizierte Bus-System von Manhattan zu gewöhnen, leistete ich mir von der U-Bahnstation aus ein Taxi. Zum erstenmal hatte ich das Glück, einen klimatisierten Wagen zu erwischen. Aber das entpuppte sich auch als zweischneidige Angelegenheit; denn in wenigen Minuten klebte mir das nasse Hemd eiskalt am Rücken. Ich saß zitternd im Fond und malte mir alle möglichen Versionen von Lungenentzündung aus. Draußen keuchten die Leute unter der Hitze.

Als ich mich gerade an die frostige Atmosphäre gewöhnt hatte, waren wir am Ziel. Vor mir lag das Hauptquartier der »Samariter der Neuen Welt«. Wie schon beim Ostblick-Café handelte es sich eine Ladenfront, aber hier waren die Schaufenster weiß getüncht. Auf der weißen Farbe prangten große goldene Lettern, das Fenster links vom Eingang trug ganz oben schwungvoll den Namen der Sekte und darunter: »Zentrale der amerikanischen Sektion«. Der Rest des Fensters war mit den verschiedensten erbaulichen Sprüchen ausgefüllt: »Haben Sie schon Ihr Heil gefunden? – Hier erlöst Sie Bischof Walter Johnson – Jeder ist willkommen – Tag und Nacht geöffnet – Jesus wird auch Sie heilen – treten Sie näher und schließen Sie Ihren Frieden mit Gott«. Und so weiter. Rechts von der Tür sah es ganz ähnlich aus, aber der Eingang selbst trug nur eine Inschrift: »Das Tor zum Heil«.

Als ich aus dem tiefgekühlten Taxi ausstieg, hatte ich das dumme Gefühl, mitten in einen Schrank voller Wintermäntel zu springen. Mir wurde vor Hitze ganz übel, ich eilte über die Straße und betrat – was eigentlich? Laden, Kirche, Kathedrale, Missionsheim? Es würde sich finden.

Drinnen erlebte ich eine Überraschung. Ich hatte mich auf das übliche Milieu der Lower East Side gefaßt gemacht, eine schmierige Bude, vielleicht mit ein paar Tischen oder Bänken. Statt dessen gelangte ich in einen hellen, kühlen Raum, dessen Architektur mich an eines der alten spanischen Klöster in Kalifornien erinnerte. Die Wände waren rauh verputzt und weiß getüncht. Dunkle, schwere Holzbalken kreuzten sich an der Decke. Auch der Fußboden war aus Holz, aber gut gepflegt und säuberlich geölt. Alles sah alt und gediegen aus. Durch den Raum zogen sich zwei Reihen Kirchengestühl, ebenfalls aus dunklem Holz und glänzend poliert. Vorne, im gedämpften Licht, erhob sich ein weiß-goldner Altar, dahinter wuchs Efeu an der Wand empor.

Die Luft hier drinnen war kühl, trocken und sehr angenehm, ganz anders als die vollklimatisierte Kälte des Taxis. Als ich mich durch den Mittelgang dem Altar näherte, merkte ich, wie sich meine Muskeln entspannten. Mir war plötzlich, als sähe ich nach einem endlosen Marsch mein Zuhause vor mir liegen. Diese neue, freudige Stimmung hatte nichts mit Religion oder Mystik zu tun, es war ganz einfach die wohltuende Umgebung dieses Raumes, der Kontrast zur stickigen Außenwelt.

Die Halle war menschenleer, aber ich hatte es auch gar nicht eilig, jemanden zu treffen. Ich blieb vor dem Altar stehen. Er war mit einem weißen Leinentuch bedeckt. Darauf standen Kerzenleuchter, ein großes aufgeschlagenes Buch, ein Kelch aus schwerem Messing. Aus der Nähe sah ich, daß die Efeuranken aus Kunststoff waren, aber das tat meinem Behagen keinen Abbruch.

Ich weiß nicht, wie lange ich dort stand. Plötzlich merkte ich, daß rechts vom Altar eine Tür aufgegangen war. Neben mir stand ein Mann in weißem Talar, der bis zum Boden reichte. »Guten Morgen, mein Bruder.« Der Weiße trat dicht an mich heran. »Es war sehr klug von Ihnen, daß Sie uns aufgesucht haben.«

Auch der Mann in seinem langen, wallenden Gewand paßte genau ins Bild. Aus dem Rahmen fiel nur das Gesicht. Es trug nicht etwa die Züge eines mittelalterlichen Mönches, sondern war auf jeden beliebigen Bank- oder Postschalter zugeschnitten. Nur die beginnende Glatze sorgte für einen gewissen Mönchseffekt, und die tiefe Stimme klang vertrauenerweckend.

»Ich möchte gerne Bischof Johnson sprechen«, sagte ich.

»Ach so«, antwortete er. »Dann führt Sie also ein weltliches Anliegen hierher.«

»Mein Name ist Mitchell Tobin. Soviel ich weiß, hat Abe Selkin dem Bischof mein Kommen angekündigt.«

»Das ist schon möglich. Ich werde den Bischof von Ihrer Ankunft unterrichten.«

»Danke.«

»Keine Ursache.« Er wandte sich ab, ging wieder zur Tür, blieb dann aber stehen und drehte sich noch einmal nach mir um. »Dennoch, mein Bruder, als mein Blick auf Sie fiel, glaubte ich, Sie hätten ein ganz anderes Anliegen.«

»Das kann schon sein. Aber dafür ist jetzt keine Zeit.«

»Für Erlösung ist stets die richtige Zeit«, meinte er, verschwand aber doch und ließ mich allein zurück.

Ich starrte aufs neue den Altar an. Was mochte er in meinem Gesicht gelesen haben? Daß mich in dieser eigenartigen Pseudo-Kathedrale plötzlich der Drang überfallen hatte, endlich die Dämme einzureißen und Menschen zu suchen, mit denen ich mich aussprechen konnte?

Aber ich riß mich zusammen. Meine Aufgabe waren die Morde an Terry Wilford und Irene Boles und der Tod von George Padbury, der möglicherweise ebenfalls umgebracht worden war. Nicht zu vergessen Robin Kenelly, die hilflos im Polizeikrankenhaus lag. Und dann die mögliche Gefahr für mich selbst und für die jungen Leute aus dem Café.

Ich konzentrierte mich jetzt wieder ganz auf die Sache, und als der Weiße nach einiger Zeit zurückkehrte, konnte er in meinem Gesicht bestimmt nichts Verräterisches mehr entdecken. Der Mann nickte mir zu. »Der Bischof schätzt sich glücklich, Ihre Bekanntschaft zu machen. Würden Sie mir bitte folgen?«

Ich ging ihm nach und kam in ein kleineres Zimmer mit ein paar Sesseln und einem Tisch, mehr nicht. Durch eine zweite Tür ging es zur Treppe. Wir stiegen in den dritten Stock hinauf und liefen durch einen schmalen Flur. Schließlich gelangten wir in einen seltsamen Raum. Er war vollständig kahl; nur in der Mitte standen sich zwei einfache weiße Küchenstühle gegenüber. Die Fenster waren dick verstaubt und hatten weder Vorhänge noch Jalousien. Durch den Schmutz konnte man draußen den Park liegen sehen. »Der Bischof kommt sofort«, erklärte mein Führer, drehte sich um und verschwand. Ich musterte die Umgebung. Alles war dreckig und verwittert. Der Boden bestand aus abgetretenem Linoleum, eines der beiden Fenster hatte einen dicken Sprung. Dieser Raum glich schon eher dem Bild, das man sich von der Gegend machte. Aber der Kontrast zu der Halle unten war geradezu beunruhigend. Warum war dieser Raum so kahl? Warum dieser furchtbare Schmutz? Ich ging hinüber zum Fenster. Der Park wimmelte von Kindern. Sie rannten, brüllten, spielten Ball, als gäbe es die Hitze nicht.

Es dauerte nur zwei oder drei Minuten, ehe sich die Tür öffnete und Bischof Johnson erschien. Das überraschte mich, denn irgendwie hatte ich mich auf eine längere Wartezeit eingerichtet.

Die nächste Überraschung war Bischof Walter Johnson selbst. Ich hatte mir die verschiedensten Figuren ausgemalt, aber nicht das: einen hochgewachsenen, schlanken Blinden von etwa dreißig Jahren, mit angenehmem Gesicht und militärisch kurzgeschorenem Haar. Er trug einen hellgrauen Anzug mit hellem Schlips.

Der Mann schloß die Tür hinter sich und kam zwei, drei Schritte in den Raum. Aufs Geratewohl streckte er die Rechte aus. »Mr. Tobin? Freut mich sehr, Sie kennenzulernen. Abe rief mich gestern abend an und sagte mir, daß Sie vorbeikommen würden.« Ich ging schnell auf ihn zu, weil ich nicht wollte, daß er die Hand lange ins Nichts ausgestreckt hielt.

»Guten Morgen. Bischof Johnson, nehme ich an?«

»Ja, ganz richtig.« Er lächelte selbstsicher, und ich bekam einen kräftigen Händedruck. »Setzen Sie sich doch«, lud er ein und wies auf die beiden Stühle, deren Position er offenbar genau kannte. Jedenfalls ließ er sich ohne das geringste Zögern auf dem einen nieder.

Es fiel mir schwer, ihm ins Gesicht zu sehen. Seine Augen verrieten die Blindheit nur allzu deutlich, sie waren wie dumpfe Flecken in dem gutgeschnittenen Gesicht. Er mußte meine Empfindung gespürt haben; denn kaum hatte er Platz genommen, holte er eine dunkle Brille hervor und setzte sie auf. Wahrscheinlich war er mit voller Absicht ohne Brille in den Raum gekommen, damit ich seinen Zustand auf den ersten Blick bemerkte und er sich lange Erklärungen sparen konnte. Ich mußte die unaufdringliche Selbstsicherheit unwillkürlich bewundern, mit der dieser Mann sein Leben meisterte.

»Selkin hat Ihnen wohl schon gesagt, aus welchem Grund ich Sie aufsuchen wollte.«

»Ja. Natürlich wegen dieser Morde. Aber er sagte auch etwas von Schlüsseln.«

»Stimmt. Es geht da um die Frage, wie Irene Boles hereinkam. Das ist das Mädchen, das mit Wilford ermordet wurde.«

»Ich weiß.« Er nickte. »Und nun wollen Sie selbstverständlich wissen, wie viele Schlüssel es für das Haus gibt und wer sie in Besitz hat.«

»Ja.«

»Hier bei uns gibt es zwei Schlüssel«, antwortete er. »Einer wird mit verschiedenen anderen in einer alten Pralinenschachtel aufbewahrt. Die Schachtel liegt oben in meiner Schreibtischschublade. Ich habe nachgeprüft; der Schlüssel ist noch dort. Das andere Exemplar hat Riggs an seinem Bund. Riggs ist unser Pförtner. Auch dieser Schlüssel ist an seinem Platz, davon habe ich mich überzeugt.« Er neigte den Kopf etwas. »Und jetzt werden Sie wohl fragen, ob es irgendeine Verbindung zwischen Irene Boles und den Samaritern der Neuen Welt gibt«, meinte er.

Er hatte ganz recht; seine Kombinationsfähigkeit überraschte mich trotzdem. Ich fragte: »Gibt es eine solche Verbindung?«

Er breitete die Hände aus. »Wenn es eine gibt, so ist sie mir entgangen. Keines unserer Mitglieder kennt eine Frau dieses Namens. Natürlich werde ich mich weiter umhören, und wenn ich auf etwas stoßen sollte, werde ich Sie sofort informieren.«

»Verbindlichsten Dank.« Das alles ging mir ein wenig zu schnell. Er wußte meine Fragen schon, bevor ich sie überhaupt ausgesprochen hatte. Auf diese Weise bekam ich keine Gelegenheit, seine Antworten abzuwägen und meine nächsten Fragen darauf einzustellen. Deshalb fuhr ich aufs Geratewohl fort: »Aber wenn eines Ihrer Mitglieder Verbindung zu Irene Boles hatte, dann würde man das in diesem Stadium wohl kaum zugeben.«

Seine Antwort klang äußerst milde. »In diesen Hallen lügt man nicht, Mr. Tobin.«

»Mörder lügen immer«, wandte ich ein. »Ihr Leben steht auf dem Spiel.«

»Zuweilen kann auch die Seele auf dem Spiel stehen«, gab er genauso milde zurück. »Und in dieser Zuflucht hält sich kein Mörder auf, das kann ich Ihnen versichern. Nein, Mr. Tobin, Ihren Mörder müssen Sie schon draußen suchen.«

»Vielleicht.«

»Wenn Sie uns erst näher kennengelernt haben, werden Sie selbst wissen, warum ich das mit solcher Bestimmtheit sagen kann.«

»Sie mögen recht haben«, gab ich zu. »Aber ich möchte gern noch etwas mit Ihnen besprechen.«

Er lächelte sanft. »Ich weiß. Das Ostblick-Café.«

»Sie sind mir schon wieder voraus«, sagte ich, nun fast gereizt. »Aber es stimmt. Ist es nicht etwas seltsam, daß eine religiöse Vereinigung Räume für ein Café vermietet?«

»Was kann daran seltsam sein?«

»Das ganze Bild stimmt irgendwie nicht«, antwortete ich ihm. »Das junge Volk, das in diesen Buden herumhängt, scheint mir nicht gerade religiös.«

»Mag sein«, gab er zurück. »Aber ein Café ist auch nicht eben ein Sündenpfuhl. Da gibt es weder Glücksspiel noch Prostitution, nicht einmal Alkohol. Und gegen schwarzen Kaffee hat auch die Kirche nicht viel einzuwenden. Wenn es hier eine Ungereimtheit gibt, Mr. Tobin, dann sind es die Klischees in Ihrem Kopf.«

»Natürlich weiß ich nicht viel von Ihren religiösen Ansichten ...«

»Ist das Ihr Ernst?« Sein Lächeln war jetzt offen amüsiert. »Wirklich nicht? Eine Sekte, deren Namen Sie noch nie gehört haben? In einem alten Laden? Und dann noch in der Lower East Side? Aber Mr. Tobin, Sie werden sich bestimmt Ihre Meinung über uns längst gebildet haben.«

»Ihre unterscheidet sich von anderen Sekten«, gab ich zu. »Soviel kann sogar ich sehen, schließlich bin ich nicht ganz verbohrt.«

Er neigte wieder ein wenig den Kopf und dachte nach. Dann fragte er, mehr zu sich selbst gewandt: »Habe ich Sie am Ende falsch eingeschätzt?«

»Inwiefern?« Ich verstand nicht.

»Bruder William hat sehr scharfe Augen. Und als er vorhin heraufkam, meinte er, daß Sie Sorgen hätten. Und zwar Sorgen, die mit dem angekündigten Zweck Ihres Besuches hier nichts zu tun haben. Ich wünschte nur, meine Ohren wären genausogut wie Bruder Williams Augen. Aus Ihrer Stimme habe ich zunächst nur Gereiztheit herausgehört. Und ich meinte, es mit den alten, uns zur Genüge bekannten Vorurteilen zu tun zu haben. Aber Bruder William hatte recht, nicht wahr? Was ich in Ihrer Stimme hörte, war in Wahrheit Ihr Aufbäumen gegen das Verlangen, mit mir über das zu reden, was Sie wirklich bedrückt.«

»Mag sein«, antwortete ich ihm, »aber wir wollen es dabei belassen. Kannten Sie eigentlich Terry Wilford schon, bevor er zu Ihnen kam, um Ihr altes Haus zu mieten?«

Er zögerte; es wäre ihm wohl lieber gewesen, beim anderen

Thema zu bleiben. Aber dann meinte er: »Nein, es war unser erstes Zusammentreffen. Mrs. Joyce Regan brachte ihn mit. Er war ein Freund ihres Sohnes Edwin.«

»Haben Sie gleich eingewilligt, als er Ihnen sein Projekt vortrug?«

»Nein, das nicht. Eigentlich wollten wir nämlich überhaupt nicht vermieten, sondern verkaufen. Aber Terry ließ nicht locker und versprach außerdem, das Haus sofort zu räumen, wenn wir einen Interessenten gefunden hätten. Darum gab ich schließlich nach.« Er lächelte. »Wissen Sie, Terry war eine ziemlich ausgeprägte Persönlichkeit, höflich und zuvorkommend, und sehr selbstsicher. Und er hatte einen geradezu ansteckenden Enthusiasmus.«

»Und Sie haben sich anstecken lassen?«

»Ja, das habe ich. Natürlich glaubte ich nicht daran, daß dieses Projekt ein finanzieller Erfolg würde. Aber ich wußte, den jungen Leuten würde die Sache großen Spaß machen.«

»Wie hoch war die Miete?«

»Wir einigten uns auf achtzig Dollar im Monat.«

Das war für die Gegend ausgesprochen niedrig. Bischof Johnson hätte gut und gern das Doppelte verlangen können. Ich fragte: »Wie lange hatte das Gebäude vorher leer gestanden?«

»Wir zogen im Februar dort aus.«

»Vor sechs Monaten?«

»Das scheint Sie zu überraschen.«

»Ja. Die Kapelle unten sieht viel älter aus.«

»Einige unserer Mitglieder verstehen sich recht gut auf Innenarchitektur.«

»Auf dem Schaufenster unten steht ›Kapelle der amerikanischen Sektion‹. Gibt es noch andere Abteilungen?«

Er lächelte. »Nein, ich fürchte, wir sind die einzigen. Aber ein paar von meinen Leuten setzen große Hoffnungen in unsere Zukunft. Natürlich habe ich die Fenster unten nicht selbst gesehen, aber ich verstehe sehr gut, daß meine malenden Brüder mit viel Eifer bei der Sache waren.« Er lachte und fügte hinzu: »Mit geradezu ansteckendem Enthusiasmus, wie Terry Wilford.«

Ich stand auf. »Darf ich Ihnen aufrichtig für Ihre Zeit danken?«

»Dafür besteht nicht die geringste Ursache«, antwortete er und erhob sich ebenfalls. »Ich weiß nicht, ob ich Ihnen weiter helfen konnte.«

»Das muß ich selbst erst herausfinden«, meinte ich.

»Aber in der anderen Sache«, fuhr er fort und sah mich sanft lächelnd an. »Vielleicht könnten wir Ihnen darin wirklich helfen.«

»Das ist nicht nötig. Haben Sie Dank für die gute Absicht, aber ich kann damit allein fertig werden.«

»Daran zweifle ich auch gar nicht. Immerhin, wenn Sie jemals den Wunsch verspüren, sich auszusprechen, ich bin stets für Sie da.«

Dieses Anerbieten gefiel mir gar nicht. Der Mann hatte kein Recht, sich einzubilden, daß er mich so leicht durchschauen konnte. Mit steifer Höflichkeit antwortete ich: »Ich werde mich daran erinnern. Jedenfalls vielen Dank.«

»Wie gesagt, keine Ursache. Wenn Sie einen Moment hier warten, schicke ich Bruder William; er soll Sie hinaus begleiten.«

Er wandte sich zur Tür, aber ich sagte: »Das ist wirklich nicht nötig, ich finde meinen Weg selbst.«

»Ich würde es lieber sehen, wenn Sie sich begleiten ließen.« Im Hinausgehen wandte er sich noch einmal um. »Keine Angst, Mr. Tobin, er wird nicht mehr fragen.«

»Schon recht«, meinte ich und wandte ihm abrupt den Rücken zu. Aber das war bei einem Blinden natürlich eine verschwendete Geste. Er ging hinaus und schloß die Tür hinter sich, ich trat wieder ans Fenster und sah auf den Park hinaus.

Ein Mann stand von einer Bank auf: Donlon. Er ging zum Straßenrand, wo sein schwarzer Wagen stand. Durch das offene Seitenfenster holte er ein Päckchen Zigaretten aus dem Handschuhfach, dann schlenderte er langsam zu seiner Bank zurück. Er setzte sich und sah den Kindern zu, die um ihn herumtollten. Das Gebäude, in dem ich mich befand, beachtete er überhaupt nicht.

Als Bruder William auftauchte, fragte ich ihn: »Gibt es hier einen Hinterausgang?«

»Natürlich gibt es den, mein Bruder, das ist schließlich Vorschrift. Sonst wären wir noch in unserem alten Domizil.«

»Dann möchte ich gern hinten raus«, erklärte ich.

»Dürfte ich fragen, warum?«

Ich deutete zum Fenster. »Da unten ist ein Polizist, der mir hierher gefolgt ist. Ich will ihn abschütteln.«

Bruder William war neben mir an das Fenster getreten. »Wo ist er denn?«

»Da unten auf der Bank.«

»Donlon!« rief er aus.

Ich sah ihn erstaunt an. »Sie kennen ihn?«

Er meinte: »Das Beste an unserem Umzug hierher war, daß wir Donlon endlich los wurden.« Er sah mich stirnrunzelnd an. »Jetzt haben Sie ihn uns also wieder angeschleppt.«

»Was hatten Sie denn mit ihm zu tun? In Ihrem alten Domizil?«

Bruder William starrte aus dem Fenster. »Eine arme Seele, dieser Mensch«, sagte er. »Überall muß er Schmutz finden. Und wenn er keinen findet, dann macht er ihn.«

»Was hat er Ihnen getan?«

»Er suchte nur nach Schmutz«, erwiderte er unbestimmt. »Man konnte nie mit ihm reden, das wollte er gar nicht.« Er wandte sich ab. »Kommen Sie, ich zeige Ihnen den Hinterausgang.«

Auf dem Weg nach unten versuchte ich, aus Bruder William Näheres über Donlons Aktivitäten herauszubekommen. Aber seine Antworten blieben unbestimmt. Es sah so aus, als hätte Donlon bei der Sekte die gleiche Taktik angewandt, mit der er später die jungen Leute kopfscheu machte: dauernde kleine Belästigungen, regelmäßiges Auftauchen. Und was er wirklich wollte, sagte er nie.

Die Hintertür führte auf eine schmutzige, stinkende Seitengasse. Bruder William zeigte mir den Weg. »Viel Glück«, sagte er.

Wobei?

14

Die Wohnung lag im vierten Stock einer alten Mietskaserne. Die Luft im Treppenhaus war dumpf und stank nach Urin. Ich kam außer Atem oben an. Das Hemd klebte mir wieder klatschnaß am Körper; außerdem hatte ich Kopfschmerzen.

Auf mein Klopfen geschah eine Ewigkeit lang nichts. Aber schließlich öffnete sich die Tür doch einen Spalt. Durch die Ritze sah ich den Bruchteil eines Mädchengesichts, ein großes braunes Auge und eine lose Haarsträhne. »Ja, was gibt's?« fragte eine Stimme.

Es war nach elf, aber die Wohnung lag offenbar in tiefer Dunkelheit. Deshalb fragte ich höflich: »Habe ich Sie geweckt? Das täte mir leid. Ich komme gern später noch einmal vorbei.«

»Nein, das macht gar nichts, wir müssen sowieso aufstehen. Was wollen Sie denn?«

»Sind Sie Ann?«
»Und wenn?«
»Ist Jack Parker auch da?«
»Hören Sie, das ist schließlich seine Wohnung. Was wollen Sie eigentlich?«
»Mein Name ist Mitchell Tobin«, antwortete ich. »Ich bin ein Vetter von Robin Kenelly.«
»Von Robin? Ach so, Terrys Mädchen.« Ihre Stimme klang argwöhnisch. »Wir haben von der Geschichte gehört.«
»Was haben Sie denn gehört?«
»Das tut nichts zur Sache. Sie wollen Robins Vetter sein?«
»Vetter zweiten Grades«, gab ich zurück. Ich wußte, daß ihr der Altersunterschied verdächtig vorgekommen war. »Ich würde gern mit Jack reden, wenn er da ist.«
»Na ja, da ist er schon«, war die Antwort. Sie schien sich über die weiteren Schritte im unklaren zu sein. »Na«, meinte sie, »warten Sie mal einen Augenblick.« Die Tür knallte zu.

Ich wartete. Zwei oder drei Minuten verstrichen, dann ging die Tür wieder auf, aber auch diesmal nur einen Spalt. Dieselbe Stimme fragte: »Weshalb wollen Sie Jack denn sprechen?«
»Ich versuche, Robin zu helfen. Ich möchte mit ihm über die Leute reden, die Terry kannten.«
»Warum, was ist mit denen?«
»Ich will wissen, was das für Leute sind. Und ob jemand davon das Mädchen gekannt haben könnte, das über dem Café ermordet wurde. Alles mögliche, so viel ich nur herausbekommen kann.«
»Aber in der Zeitung steht, daß Robin sie umgebracht hat.«
»Eben darum will ich ihr helfen. Weil ich den Zeitungen nämlich nicht glaube.«

Sie überlegte. Das eine braune Auge starrte mich prüfend an. Schließlich meinte sie: »Warten Sie noch einen Augenblick.« Wieder schlug die Tür zu.

Diesmal dauerte es länger. Ich hatte gerade beschlossen, mich noch einmal bemerkbar zu machen, als die Tür zum drittenmal aufging. Das Mädchen sagte: »Jack läßt Ihnen ausrichten, daß er nichts weiß. Er kann Ihnen nicht helfen. Tut mir leid.«

Ich merkte, daß sie die Tür wieder schließen wollte, und warf schnell ein: »Dann möchte ich mit Ihnen reden.«
»Warum mit mir?«
»Sie haben Terry auch gekannt. Sie gingen doch mal mit ihm.«

»Das ist lange her.«

»Nur ein halbes Jahr. Da müssen Sie doch noch wissen, mit welchen Leuten er verkehrte. Und was er überhaupt so zu tun pflegte. Vielleicht können Sie mir auch sagen, womit er sich in Schwierigkeiten brachte.«

»Sie wissen wohl schon eine ganze Menge?« Jetzt war sie sehr auf der Hut.

»Es könnte mehr sein«, antwortete ich.

»Dann reden Sie doch mit den Bullen.«

»Die können mir nicht helfen.«

»Wir auch nicht«, erklärte sie und schloß die Tür.

Was sollte ich tun? Lärm schlagen? Mir Zutritt erzwingen? Nein, jetzt gab es für mich diese Möglichkeit nicht mehr. Ich war auf freiwillige Zusammenarbeit angewiesen. Natürlich verstand ich das Mißtrauen dieser jungen Leute. Sie waren ängstlich bemüht, nicht in Zusammenhang mit dem Mord gebracht zu werden. Aber ich brauchte ihre Hilfe, also mußte ich mir einen anderen Weg einfallen lassen.

Lustlos stieg ich wieder die Treppen hinab und trat hinaus in die fürchterliche Hitze. An der Ecke fand ich eine öffentliche Fernsprechzelle. Drinnen war es wie in einem Brutkasten. Ich gab den Versuch auf, mir den Schweiß von der Stirn zu wischen, holte mein Notizbuch hervor und schlug Hulmers Telefonnummer nach. Er war nicht zu Hause. Als nächstes rief ich Abe Selkin an.

Abe meldete sich nach dem ersten Klingeln. Ich berichtete ihm von meinem vergeblichen Versuch, mit Jack Parker zu reden. »Er weigert sich, mich einzulassen. Kennen Sie ihn gut genug, um ihn davon zu überzeugen, daß er mich getrost empfangen kann?«

»Tut mir leid, Mr. Tobin. Ich kann Ihnen da kaum helfen. Jack und ich kennen uns nur flüchtig. Wir waren nie Freunde.«

»Kennen Sie denn jemanden, der näher mit ihm befreundet ist?«

»Der ihn überreden könnte, Sie einzulassen? Da muß ich mal überlegen. Augenblick.«

Es dauerte eine ganze Weile, aber schließlich redete er wieder. »Ja, vielleicht wüßte ich jemand. Ich will ihn anrufen und mich dann wieder bei Ihnen melden.«

»Sie können mich nicht erreichen, ich muß Sie zurückrufen. In einer halben Stunde?«

»Sagen wir lieber, in einer Stunde. Es kann eine Weile dauern, bis ich den Burschen erreiche.«

»Also gut.« Ich sah auf meine Uhr. »Gegen zwölf.«

Ich verließ den Brutkasten. Draußen war die Luft vergleichsweise kühl. Auf einem Regal neben der Zelle lag ein Telefonbuch von Manhattan. Der Name Claude Bodkin war eingetragen, Adresse 63. West Side. Eine bessere Gegend, als ich es bei einem Mann erwartet hatte, der nur als billiger Schmarotzer beschrieben worden war. Aber da es mir unwahrscheinlich erschien, daß es in New York zwei Leute namens Claude Bodkin gab, versuchte ich mein Glück. Ich ging wieder in den Brutkasten und rief die Nummer an. Die Antwort kam von einem Tonband. Claude Bodkins nasale Stimme informierte mich, er wäre nicht zu Hause, aber ich hätte dreißig Sekunden Zeit, eine Nachricht zu hinterlassen. Ich verzichtete und legte auf.

Als nächstes machte ich mich auf den Weg zu Ed Regans Wohnung. Das war der junge Mann, der ein Freund von Terry Wilford gewesen sein sollte und dessen Mutter zu den Samaritern der Neuen Welt gehörte. Terry Wilford selbst hatte in seinem Haus gewohnt, bis er illegal seine Zelte oben über dem Ostblick-Café aufschlug. In der glühenden Sonne schien mir der Marsch endlos.

Es war ein ganz gewöhnliches Backsteingebäude. Ich trat ein. Das Treppenhaus stank genauso wie das vorhin. Am Fuß der Treppe hockten zwei kleine olivhäutige Jungen, beide halbnackt und emsig damit beschäftigt, mit Flaschenscherben Worte in die Wand zu ritzen. Einer sah zu mir auf und rief mir grinsend etwas Spanisches nach. »Danke gleichfalls«, erwiderte ich und machte mich ans Treppensteigen.

Vom Briefkasten unten hatte ich abgelesen, daß Regan das Appartement Nr. 10 bewohnte. Es lag, wie sich herausstellte, im dritten Stock. Mein Klopfen hatte schon nach kurzer Zeit Erfolg. Die Tür ging auf, und heraus schaute ein etwas verzauster junger Mann, der über und über mit Farben beschmiert war. In der rechten Hand hielt er einen Malerpinsel, von dem es rot herabtropfte.

»Guten Tag«, sagte ich höflich und kam mir wie ein Staubsaugerverkäufer vor. »Mein Name ist Mitchell Tobin. Soviel ich weiß, hat Abe Selkin Sie angerufen . . .«

»Na klar. Kommen Sie rein.«

Er schien es recht eilig zu haben, darum trat ich ohne weiteres ein. Energisch schloß er die Tür hinter mir. »Ich wußte nicht, wann Sie auftauchen würden, deshalb habe ich mich an meine Arbeit gemacht.«

»Wenn Sie möchten, kann ich auch später wiederkommen.«

»Nein, nein, Sie stören überhaupt nicht. Ich kann doch arbeiten, während wir uns unterhalten.« Er grinste stolz. »Ich porträtiere nämlich meine Mutter.«

Ich merkte, daß von mir eine Antwort erwartet wurde. Deshalb meinte ich anerkennend: »So, so, das ist ja interessant.«

»Na«, meinte Ed betont bescheiden, »wollen erst mal abwarten, wie es wird. Kommen Sie nur.«

Ich befand mich jetzt in der Küche. Großer Aufwand war nirgends zu sehen, aber es war sauberer, als man es in einer derartigen Gegend erwarten konnte. Herd und Kühlschrank waren museumsreif, die Schranktüren schlossen nicht ganz, unter dem hohen schmalen Fenster stand eine alte Badewanne. Sie war mit einer Platte abgedeckt. Oben drauf standen weiße Plastikdosen mit den Aufschriften: ›Kaffee, Tee, Zucker, Mehl‹.

Aus der Küche kamen wir in einen engen, fensterlosen Flur. An den Wänden hingen mehrere Gemälde, es war aber zu düster, um sie genau erkennen zu können. Alle schienen sie die gleiche Frau darzustellen: grauhaarig, dunkel gekleidet und immer sitzend. Dem Original begegnete ich im Wohnzimmer. Die Frau saß auf einem hölzernen Küchenstuhl, im Licht zweier hoher Fenster, deren Scheiben blitzblank poliert waren. In der Mitte der Stube stand ein Schemel, auf dem eine Palette mit feuchten, soeben gebrauchten Farben lag. Auf dem Boden neben dem Schemel war eine große, bunt bekleckste Leinwand ausgebreitet. Im übrigen war das Wohnzimmer einfach möbliert: ein altes Sofa, ein Fernsehgerät auf einem Teewagen in der Ecke, ein Tisch, mehrere Stühle.

»Mutter«, verkündete Ed, »das ist der Mann, von dem mir Abe Selkin erzählt hat.« Es folgte die förmliche Vorstellung: »Mutter, Mr. Mitchell Tobin, Mr. Tobin, das ist meine Mutter, Victorina Regan.«

Wir murmelten die üblichen Floskeln, und sie bat mich, Platz zu nehmen. Ich bekam das Sofa angewiesen. Sie war ein mütterlicher Typ in den späten Fünfzigern. Ihr Gesicht war freundlich, ihre Kleidung einfach. Ihre Frisur hatte sich seit mindestens fünfzehn Jahren nicht mehr geändert.

Sie hatte mich mit Bedacht auf das Sofa bugsiert. So konnte ich sowohl sie als auch das Gemälde ihres Sohnes betrachten. Das Bild erschien mir im Vergleich zum Modell idealisierend, aber sonst recht wohl gelungen. Ed Regan war offensichtlich schon wieder ganz in seiner Arbeit versunken. Seine Mutter fragte mich: »Wie ich höre, sind Sie mit Robin Kenelly verwandt?«

»Vetter zweiten Grades.«

»Ein nettes junges Mädchen. Natürlich noch recht jung. Aber Jugend ist ja kein Fehler, oder?«

»Nein, ich glaube nicht.« Mir fiel dazu nichts anderes ein.

»Immerhin«, fuhr sie fort, »einige Leute scheinen es darauf abgesehen zu haben, nie erwachsen zu werden. Nehmen Sie nur mal den jungen Wilford. Er wäre ein schlechter Einfluß auf Edwin gewesen, wenn wir das zugelassen hätten.«

»Aber Mutter«, fiel der Sohn ein, »Terry wollte doch nichts Böses.« Mir zwinkerte er gleichsam entschuldigend zu.

»Da bin ich nicht so sicher. Natürlich heißt jung sein nicht gleich, auch böse sein. Aber Jugend ist Verschwendung, das weißt du ganz genau. Zeitverschwendung. Wer jung ist, verschwendet seine Fähigkeiten, verschwendet die ihm von Gott verliehenen Gaben. Wenn mehr junge Männer so wie du wären, Edwin, wie herrlich wäre dann die Welt.«

»Jeder muß sich seinen eigenen Weg suchen, Mutter.«

»Selbstverständlich, mein Junge. Ich danke nur Gott, daß du den rechten Pfad gesucht hast.«

Ich war offensichtlich Zeuge eines seit Jahren eingeübten und immer wieder abgeleierten Dialogs. Mir reichte es jetzt. »Mrs. Regan, haben Sie Terry Wilford verboten, sich mit Ihrem Sohn zu treffen?«

Sie tat überrascht. »Aber keineswegs. Edwin ist schließlich erwachsen und kann tun und lassen, was er will. Eine Zeitlang hat er mit Wilford sogar ziemlich eng zusammengesteckt. Bis Wilford die Sache mit dem Café anfing und fortzog.«

»Sie meinen das Ostblick-Café?«

»Ja. Wo er ermordet wurde.«

»Wie ich hörte, haben Sie ihm das Lokal vermittelt?«

»Ja. Ich habe ihn mit dem Bischof bekannt gemacht.«

»Davon hat er mich unterrichtet. Ich habe mich vorhin mit ihm unterhalten.«

»Mit Bischof Johnson?«

»Ja. Ein bemerkenswerter Mann.«

»Ein Heiliger!«

Ich ging nicht weiter darauf ein. »Er sagte mir, Sie hätten

Terry Wilford bei ihm eingeführt. Das wundert mich, da Sie Wilford doch nicht mochten ...«

»Das ist nicht wahr, Mr. Tobin. Es gibt auf der ganzen Welt keinen Menschen, den ich nicht mag. Jeder hat das Recht, sich seinen eigenen Weg zu suchen. Selbstverständlich wäre es mir nicht lieb gewesen, wenn mein Junge den gleichen Weg gegangen wäre.«

»Verstehe.«

»Außerdem«, fuhr sie fort, »sah ich es schon als Fortschritt an, daß sich Wilford eine Aufgabe suchte. Dabei wollte ich ihm gern behilflich sein.«

»Selbstverständlich.« Diese unechte Atmosphäre setzte mir genauso zu wie draußen die Hitze. Ich wandte mich an Ed. »Ed, Sie haben doch fast alle Leute aus Terrys Umgebung gekannt. Hatte er viele Feinde?«

»Feinde?« Er hielt im Malen inne, der Pinsel tropfte. »Meinen Sie jemanden, der ihn umgebracht haben könnte?«

»Nicht unbedingt. Irgend jemand, der ihn nicht leiden konnte. Oder der ihm etwas nachtrug.«

»Na ja, da ist Jack Parker. Den könnte man wohl dazu rechnen. Aber natürlich hätte er Terry nicht gleich ermordet. Er konnte ihn bloß nicht riechen.«

»Das kann man ihm auch nachfühlen«, fiel Mrs. Regan selbstgefällig ein. »Bei diesem nichtsnutzigen jugendlichen Leichtsinn.«

Ich bereitete der Litanei ein Ende. »Von Parker habe ich schon alles gehört. Sonst noch jemand?«

Ed tupfte mit dem Pinsel an der Leinwand herum. Schließlich schüttelte er den Kopf. »Nein. Sonst eigentlich niemand. Wissen Sie, Terry war so ein Bursche, mit dem alle gut auskamen.« Er grinste neckisch. »Sogar Mutter.«

Die Mutter lächelte nachsichtig. »So ist das eben, Mr. Tobin. Ich kann nun einmal keinem Menschen richtig böse sein.«

Mir kam plötzlich ein Gedanke. »Kennen Sie Vicky Oppenheim?« fragte ich Ed.

Ich hatte erwartet, daß die Frau an seiner Stelle antworten würde. Sie tat es auch. »Allerdings kennen wir Vicky. Das ist ein Mädchen! Die könnte es weit bringen, wenn sie sich nicht mit dieser üblen Horde abgeben würde. Statt dessen sollte sie sich einmal mit Bischof Johnson unterhalten.«

Ed Regan grinste mich an. »In nicht allzuferner Zeit wird Mutter den Bischof noch vom Heiligen zum lieben Gott befördern.«

»Er ist ein Heiliger, und das genügt«, meinte die Frau ernst. »Du weißt doch, was er dir gesagt hat, mein Sohn?«

Ich hatte genug und stand auf. »Also, vielen Dank für Ihre Mühe.«

»Keine Ursache«, erwiderte Ed Regan. »Wir helfen gern. Wir beide mögen Robin, nicht wahr, Mutter?«

»Aber natürlich. Ein liebes junges Ding. Wirklich, Mr. Tobin, ich glaube fest daran, daß Sie auf dem richtigen Wege sind. So ein unschuldiges Kind kann keinen Mord begangen haben.«

»Eben. Der Meinung bin ich auch«, erklärte ich. Mit diesen Worten ging ich zur Tür. »Bleiben Sie nur bei Ihrer Arbeit«, winkte ich Ed Regan zurück, der mir folgen wollte. »Ich finde schon allein hinaus. Das Porträt gelingt Ihnen übrigens ausgezeichnet.«

»Finden Sie?« Stolz sah er sein Meisterwerk an.

Ich machte mich auf den Weg und gelangte durch die dämmrige Wohnung in das schäbige, stinkende Treppenhaus. Unten kritzelten die beiden Jungen immer noch mit den Scherben an der Wand herum und kicherten dazu. Als sie mich hörten, schauten sie auf. Aber ihr Blick wurde abgelenkt – von etwas, das über mir geschah.

Ich sah hoch. Ein schwerer schwarzer Gegenstand polterte herab. Wo ich stand, zwischen dem ersten Stock und dem Erdgeschoß, war die Treppe breiter als weiter oben. Das Ding kam genau auf mich zu.

Ich warf mich zur Seite, verlor das Gleichgewicht, schlug lang hin. Hinter mir gab es einen lauten Krach, dann weiter unten noch einen. Ein schriller Schrei brach unvermittelt ab. Ich hatte den Halt verloren und rutschte auf dem Rücken die letzten Stufen hinunter. In der Seite fühlte ich einen scharfen Schmerz.

Endlich fing ich mich und sah hinunter.

Unten, am Fuß der Treppe, preßte sich einer der beiden Jungen an die Wand. Aschfahl starrte er vor sich auf den Boden. Dort lag der andere – ausgestreckt, auf dem Rücken. Wo Kopf und Schultern sein sollten, lag ein schwerer Metallkasten. Unter einer Kante sickerte es rotbraun hervor.

Der Junge an der Wand mußte sich heftig übergeben.

15

Die Polizei nahm eine leerstehende Wohnung im ersten Stock in Beschlag. Dort wurde auch ich verhört. Fragen stellte ein ältlicher Sergeant in Uniform, mit puderrotem Gesicht, der sich nicht die geringste Mühe gab, seine Langeweile zu verbergen. »Ich bin sofort alle Treppen hoch gelaufen, bis auf das Dach«, berichtete ich ihm. »Aber als ich oben war, hatte sich der Täter natürlich schon verdrückt. Die Dachtür stand offen. Oben war aber weit und breit niemand zu sehen.«

Dem Sergeant war es im Grunde auch egal. Das schwere Wurfgeschoß entpuppte sich als ein alter Kaminaufsatz. Er wog fast einen halben Zentner und hatte auf dem Dach neben einem vor kurzem reparierten Schornstein gestanden. Die Version der Polizei lautete, daß ein unbekannter Täter den schweren Kasten durch das Treppenhaus herunter warf. Ob das in mörderischer Absicht geschehen war oder nur als dummer Scherz, konnte vorerst nicht geklärt werden. Die Beamten gaben sich auch keine übergroße Mühe. Das Opfer war schließlich nur ein kleiner Olivenfresser, und sowas kam hier in den Slums alle Tage vor. Derartige Zwischenfälle ließen sich in einer solchen Gegend nur selten aufklären. Immerhin, der Sergeant schrieb sich alles fein säuberlich in sein Notizbuch. Auch von mir notierte er Namen und Anschrift, dann konnte ich gehen. Ich drängte mich durch die Menge, die immer noch im Treppenhaus und unten auf der Straße herumlungerte, und suchte das Weite.

Ich hatte dem Beamten nur die nötigsten Auskünfte gegeben. Er war gar nicht auf die Idee gekommen, mich zu fragen, was ich überhaupt in dem Hause suchte. Und da ich ihm das auch nicht freiwillig unter die Nase gebunden hatte, gab es für ihn bis jetzt keinen Anhaltspunkt, der eine Brücke zwischen diesem Todesfall und den drei anderen hätte schlagen können. Daß ich ihm diese Information vorenthielt, brauchte mich auch nicht weiter zu kümmern. Schließlich war die Polizei in dem Glauben, mit Robin Kenelly bereits die Mörderin aus dem Ostblick-Café dingfest gemacht zu haben. Und der dritte Todesfall stand bisher nicht als Mord in den Akten.

Ich war gerade noch einmal davongekommen. Das hatte ich dem kleinen Spanier zu verdanken. Hätte er nicht im entscheidenden Augenblick nach oben gesehen und damit meine Aufmerksamkeit auf das tödliche Geschoß gelenkt, so wäre *ich* der leblose Haufen unten am Fuß der Treppe gewesen.

Auf jeden Fall hatte ich das Opfer sein sollen; soviel stand für mich fest. Mit anderen Worten, der Mörder war nervös geworden. Er war sich nicht sicher, ob er seine Spuren genügend verwischt hatte. Darum hatte auch George Padbury sterben müssen. George hatte offensichtlich etwas entdeckt, das er mir mitteilen wollte. Damals, am Telefon, eine halbe Stunde, bevor es ihn erwischt hatte. Und nun hatte ich an der Reihe sein sollen. Mein Herumschnüffeln hatte ihn angst gemacht. Und immer, wenn er Angst bekam, schlug er zu.

Ob er mich wohl in diesem Augenblick beobachtete? Ob er es gleich noch einmal versuchen würde? Wahrscheinlicher war, daß er nun erst einmal für eine Weile untertauchte. Am Ende wußte er nicht einmal, daß sein Anschlag mich verfehlt hatte.

Für mich hieß das: Ich hatte etwas Zeit gewonnen. Sowohl die Polizei als auch der Mörder würden mich eine Weile in Ruhe lassen. Es kam jetzt darauf an, diese Zeitspanne so gut wie möglich zu nutzen.

An der nächsten Ecke stieß ich auf eine Telefonzelle. Ich rief Abe Selkin an.

Seine Mission, erfuhr ich, war schief gegangen. »Jack Parker will mit Ihnen nichts zu tun haben, Mr. Tobin. Er weiß, daß Sie früher ein Cop waren. Und er weiß auch, daß Sie mit Robin verwandt sind. Daher denkt er, Sie wollten ihm die Sache anhängen. Um Robin aus der Patsche zu helfen.«

»Etwas weit hergeholt«, erklärte ich.

»Allerdings. Aber er glaubt das nun einmal.«

»Na schön, da läßt sich nichts machen. Immerhin vielen Dank. Übrigens, ist zur Zeit jemand im Ostblick-Café?«

»Klar. Hully auf jeden Fall. Vielleicht auch Vicky. Wir haben den Laden wieder eröffnet, die Polizei hat es uns gestern erlaubt.«

»Na fein.«

»Lassen Sie mich wissen, wenn ich Ihnen irgendwie helfen kann?«

»Das werde ich.«

Ich legte auf und versuchte mein Glück noch einmal mit Claude Bodkins Nummer. Diesmal war er zu Hause. Seine Stimme klang noch nasaler als auf dem Tonband.

Ich stellte mich vor: »Mein Name ist Mitchell Tobin, Mr. Bodkin. Ich nehme an, Sie haben in der Zeitung von dem Mord an Terry Wilford gelesen.«

»Du lieber Gott, natürlich. Wer hätte das nicht?«

»Das Mädchen, das die Polizei verhaftet hat, ist meine Cousine, Robin Kenelly. Wir kümmern uns um ihre Verteidigung. Aus diesem Grund befragen wir alle, die Terry Wilford gekannt haben. Wie ich höre, haben Sie einmal mit ihm zusammengewohnt.«

»Du lieber Gott, das ist doch Jahre her.«

»Genau genommen, eineinhalb Jahre. So wurde es mir berichtet.«

»Länger nicht?« Seine Stimme klang ehrlich erstaunt. »Lieber Gott, wie die Zeit vergeht! Na ja, um die Wahrheit zu sagen, Mr. ... wie war doch Ihr Name?«

»Tobin, Mitchell Tobin.«

»Also, um die Wahrheit zu sagen, Mitch ... Ich darf Sie doch Mitch nennen?«

»Tun Sie sich nur keinen Zwang an«, antwortete ich. Solange ich ihm meine Fragen stellen durfte, konnte er mich nennen, wie er wollte.

»Also, um die Wahrheit zu sagen, Mitch«, fing er zum drittenmal an, »ich habe Robin Kenelly selbst kaum gekannt. Und Terry habe ich nicht mehr gesehen, seitdem wir unsere gemeinsame Wohnung aufgegeben haben. Ich glaube also kaum, daß ich Ihnen mit Hinweisen dienen kann, Mitch. Über die jüngste Entwicklung bin ich nicht auf dem laufenden.«

»Ich bin auch nicht so sehr hinter der jüngsten Entwicklung her«, gab ich zurück. »Was mich mehr interessiert, sind Terrys Persönlichkeit, sein Charakter. Da möchte ich gern alles erfahren. Mir kann schon die geringste Kleinigkeit helfen.«

»Du lieber Gott, wenn Sie *darauf* aus sind, könnten wir uns gut und gern eine Woche unterhalten. Hören Sie mal, wo sind Sie jetzt?«

»In der Stadt.«

»Ach so. Na ja, um fünf habe ich einen Termin. Und heute abend bin ich von A bis Z belegt. Immerhin, wir könnten jetzt gleich einen zusammen trinken, wenn es Ihnen paßt. Sie kennen doch den ›Neufundland-Esel‹?«

»Ich glaube kaum.«

»Leysington, Kreuzung Dreiundsechzigste. Sie können die Bude gar nicht verfehlen. Sagen wir, um eins?«

»Ein Uhr paßt mir ausgezeichnet«, erwiderte ich.

»Bleibt nur die Frage, wie wir uns gegenseitig erkennen. Warten Sie, ich habe eine Idee. Ich werde mein heißgeliebtes Zitronenhemd tragen. Es hat kurze Ärmel und ist zitronengelb, mit grünen Querstreifen. Dieses Prachtstück gibt es in der Hütte dort bestimmt nur einmal.«

»Ausgezeichnet.«

»Und ich werde an der Bar sitzen, ziemlich zum Ende hin.«

»Gut. Also bis eins.«

»Ja. Tschüß.«

Es war jetzt kaum zwölf Uhr. Ich hatte also noch genügend Zeit. Darum ging ich noch einmal zur Houston Street, um einen Frontalangriff auf Jack Parker zu versuchen. Aber auf mein Klopfen geschah nichts. Entweder waren die Vögel ausgeflogen, oder sie hatten sich auf eine Belagerung eingerichtet.

In einer Imbißhalle, eine Ecke weiter, improvisierte ich einen Lunch. Dann marschierte ich wieder durch die Mittagshitze zu Parkers Wohnung. Mit dem gleichen Mißerfolg. Schließlich nahm ich mir ein Taxi.

Dieses hatte keine Klimaanlage, und ich fühlte mich wie ein betrogener Liebhaber.

16

Der »Neufundland-Esel« war eine recht modische Angelegenheit, offenbar ein Treffpunkt für die erfolgreiche junge Geschäftsmeute. Das Licht war zum Glück so gedämpft, daß die Angeberei des Innenarchitekten in wohltuende Schatten gehüllt blieb. Dafür hatten sie die Klimaanlage auf volle Touren gestellt, und als ich an der Bar Platz nahm, kam ich mir schon wie Gefrierfleisch vor. Auf die Frage des Barkeepers hätte ich fast einen Grog verlangt. Aber ich beließ es dann doch beim Bier.

Eine Type im zitronenfarbenem Hemd war weit und breit nicht zu sehen. Da die Uhr immerhin erst fünf Minuten vor eins anzeigte, machte ich es mir hinter meiner Bierflasche so bequem, wie es ging. Die Kundschaft bestand fast ausschließlich aus Männern, jung bis unteres Mittelalter, die meisten gut angezogen.

Jenseits der Bar war ein Restaurant. Dort bestand die Beleuchtung nahezu nur aus Kerzen und roten Glaskugeln auf jedem Tisch. Immerhin konnte ich auch ein paar Frauengestalten entdecken. Sie paßten alle zu ihren Begleitern und hätten den neuesten Mode-Illustrierten entsprungen sein können.

Mein erstes Bier reichte bis fünf nach eins, das zweite bis ein Uhr fünfzehn. Ich nahm mir vor, mit dem dritten bis halb zwei auszuhalten; wenn er bis dahin nicht aufgetaucht war, würde ich ihn anrufen. Die Tür der Bar stand keinen Augenblick still; aber keiner der neuen Kunden trug ein zitronenfarbenes Hemd. Ich nippte an meinem dritten Bier und beobachtete das Leben um mich herum. Der Umsatz an Whisky und Gin war beträchtlich.

Er kam zwei Minuten vor halb zwei, ein ziemlich kleiner, schlanker Bursche, dessen jungenhaftes Gesicht ein feuerroter Schopf krönte. Sein Zitronenhemd war wirklich eine Sehenswürdigkeit. Dazu trug er Sporthosen, blendend weiße Segeltuchschuhe und die dunkelste Sonnenbrille, die mir je vor Augen gekommen war. Ich machte mich mit einer Geste bemerkbar, und er kam sofort auf mich zugesteuert, grinsend und mit beiden Händen gestikulierend. Seinen Mundbewegungen entnahm ich, daß er schon lange auf mich einsprach, bevor ich ihn hören konnte.

»... ja, wie das ist«, plapperte er, während er sich neben mir auf den Barhocker fallen ließ. »Die verdammten Kerle lassen einen einfach nicht in Ruhe. Seit ich im Nachrichtenfach bin, gehe ich praktisch mit dem Telefonhörer ins Bett. Bourbon und Eis, Jerry«, unterbrach er, an den Barkeeper gewandt, seinen Redestrom. »Was trinken Sie denn? Etwa Bier? Du lieber Gott, sobald Sie in die Hitze raus kommen, schwitzen Sie das Zeug eimerweise wieder aus. Kommen Sie, wir suchen uns einen Tisch. Jerry, wir setzen uns da drüben hin.«

Ich folgte ihm zu einem Tisch an der gegenüberliegenden Wand. Als wir uns gesetzt hatten, meinte er: »Wissen Sie, Mitch, ich habe darüber nachgedacht. Über Terry, meine ich. Ich weiß wirklich nicht, wie ich Ihnen helfen kann. Terry und ich, wir haben uns nicht besonders verstanden. Das ist schon richtig. Es war eine ganz private Abneigung. Sie verstehen doch?« Er seufzte tief und zufrieden, als ihm sein Drink hingestellt wurde. »Das tut gut!« Und zu mir gewandt: »Wissen Sie, Mitch, eine meiner goldenen Regeln ist: kein Tropfen Alkohol vor ein Uhr. Glauben Sie mir, das ist ein gutes Erfolgsrezept. Prost.«

Er nahm einen energischen Schluck, stellte das Glas widerwillig ab und sagte: »Sie kennen ja das Sprichwort, Mitch, ich meine, daß man über die Toten nicht schlecht reden soll. Also, was soll ich Ihnen berichten? Wir hatten öfter Streit. Aber das hat ja wohl jeder. Wir kamen eben nicht miteinander aus. Interessieren sie etwa diese ganzen Kleinkrämereien? Die helfen Ihnen doch auch nicht weiter. Terry und ich, wir kannten uns vom College her, aber nie sehr gut. Er war zwei Jahre jünger als ich. Hier in New York suchte ich mir jemand, mit dem zusammen ich mir eine Bude mieten konnte, und Terry war gerade neu angekommen. Er setzte sich mit mir in Verbindung, und wir fanden gemeinsam eine Wohnung. Als es dann zwischen uns beiden schief ging, zog ich aus. Ende der Geschichte.«

Während er einen zweiten, ebenso langen Schluck nahm, meinte ich: »Sind Sie vielleicht ausgezogen, weil Sie plötzlich viel Geld verdienten?«

Er sah mich einen Moment verständnislos an. Dann lachte er. »Ach so, von wegen meiner duften Montur.« Er deutete stolz auf sein Hemd. »Gefällt Ihnen wohl, was? Von der Stange, aber erste Garnitur. Im Ernst, nein, das hat mit der Sache damals nichts zu tun. Zu Geld bin ich erst ein Vierteljahr später gekommen, als ich ins Nachrichtenfach einsteigen konnte.«

Er trank sein Glas und signalisierte dem Barkeeper mit energischer Geste.

»Wie ich hörte, hatten Sie und Wilford einmal eine handfeste Prügelei miteinander.«

Er grinste mich entwaffnend an. »Prügelei? Das ist sehr zuvorkommend ausgedrückt, Mitch. Sehen Sie mich doch an. Bin ich ein Schwergewichtler? Nein, die Sache war ziemlich einseitig. Terry hat sozusagen den Fußboden mit mir aufgewischt.«

Seine Augen hinter den dunklen Gläsern blieben mir verborgen, aber der Rest seines Gesichts zeigte nichts als Belustigung. Deshalb sagte ich: »Sie scheinen ihm das nicht weiter nachzutragen.«

»Hätte wohl auch wenig Zweck«, antwortete er grinsend. »Immerhin ist der arme Hund tot. Außerdem hatte er recht. Ich hatte sein Auto zu Kleinholz gefahren. Im umgekehrten Fall hätte ich dasselbe mit ihm veranstaltet, das heißt, wenn ich mit den nötigen Muskeln bewaffnet gewesen wäre. Gott segne dich, mein Kind.« Das letzte galt der Kellnerin, die ihm seinen neuen Drink hingestellt hatte.

Als er mit dem ersten Schluck beschäftigt war, nahm ich die Gelegenheit wahr und erklärte: »Wie ich höre, haben Sie damals recht sauer reagiert. Sie versuchten doch sogar, Wilford hinter Schloß und Riegel zu bringen, nicht wahr?«

»Lieber Gott, ja. Und habe ich mich dabei nicht klassisch in die Nesseln gesetzt? Er drehte den Spieß um, und ich landete für dreißig Tage im Knast. Alles wegen dieser blöden Kutsche.« Er tröstete sich mit einem Schluck. »Am Ende hat mein Psychoanalytiker noch recht. Er sagt, ich bin froh, daß Terry tot ist. Glauben Sie, das stimmt?«

»Das kann ich nun wirklich nicht beurteilen«, antwortete ich. »Aber wissen Sie denn sonst noch jemanden, der über Terrys Tod erfreut sein könnte?«

»Du lieber Gott, nein. Terry war eines dieser ewig sonnigen Gemüter. Sie kennen die Sorte ja. Terry hier, Terry da, überall der liebe alte Terry. Die Frauen haben sich um ihn geprügelt. Das war übrigens auch so eine Sache. Du lieber Gott, wenn ich heute daran denke, wie viele Westernfilme ich in dem alten Kino an der Zweiundvierzigsten über mich ergehen lassen mußte! Wir hatten da nämlich unser System. Wenn die Kette an der Tür war, hieß das Damenbesuch. Und der andere hatte sich für eine Weile unsichtbar zu machen. Terry hatte dauernd die Kette vor der Tür. Was denken Sie übrigens, wie oft das bei mir der Fall war?« Er sah mich erwartungsvoll an, und als ich den Kopf schüttelte, streckte er triumphierend einen Finger in die Luft. »Einmal! Ein einziges Mal. Und das ging noch mit Pauken und Trompeten daneben. Mitch, hab ich mich vielleicht blöd angestellt, damals.«

Er erfrischte sich mit einem weiteren Schluck. »Natürlich ist das jetzt alles ganz anders geworden. Sie wissen ja, bei manchen Leuten kommt das Selbstvertrauen erst mit dem Erfolg. Das gilt auch für mich. Als ich erst einmal ins Nachrichtenfach eingestiegen war und die Moneten nur so angerollt kamen, da war ich plötzlich ein ganz anderer Claude. Vor zwei Jahren noch, Mitch, das dürfen Sie mir glauben, da hätten mich keine zehn Pferde in solch eine Bude wie diese hier gebracht. Und sehen Sie mich jetzt einmal an!«

»Erfolg verändert den Menschen.« Was sollte ich sonst sagen?

Er sah auf die Uhr. »Sie kommt zu spät, wie immer natürlich. Ich hoffe, es macht Ihnen nichts aus, Mitch, aber ich habe noch eine Verabredung hier. Eine junge Dame. Wollte um halb zwei hier sein. Jetzt sehen Sie nur einmal auf die Uhr!«

Das hieß, ich mußte schnell ans Ziel kommen. »Wir glauben nicht, daß Robin Terry Wilford umgebracht hat.«

»Das hab ich mir gedacht.«

»Haben Sie eine Idee, wer es auf Terry Wilford abgesehen hatte?«

»Wenn die Sache vor eineinhalb Jahren passiert wäre, hätten Sie mich dafür mit Fug und Recht aufs Kreuz legen können. Mehr kann ich auch nicht sagen. Prost.«

Während er trank, fragte ich: »Und was ist mit Irene Boles?«

Er sah mich groß an. »Mit wem?«

»Das Mädchen, das mit ihm zusammen umgebracht wurde.«

»Ach so, die Nutte! Du lieber Gott, war das nicht herrlich makaber? Direkt Dostojewski!«

»Kannten Sie das Mädchen?«

»Wer, ich? Nein, im Leben nicht. Sie muß eine Neuerwerbung gewesen sein. Hallo, Linda, Liebling!«

Bei den letzten Worten hatte er an mir vorbeigesehen. Ich drehte mich um und sah eine makellose Blondine, die zwischen den Tischen hindurch auf uns zusteuerte. Sie trug eine große Strohtasche und war ganz in Rosa gekleidet. Ebenso wie vorhin Claude sprach auch sie schon auf uns ein, obwohl sie noch eine ganze Strecke entfernt war. ». . . ganz furchtbare Leute, Liebling, du kannst dir gar nicht vorstellen, wie schrecklich die mir zugesetzt haben. Ich wäre jetzt noch da, wenn ich nicht schließlich mit der Faust auf den Tisch gehauen hätte. Ach, Liebster!«

Sie hauchte ihm einen Kuß auf die Wange und wandte dann ihre großen blauen Augen mir zu. »Linda, das ist Mitch«, stellte Bodkin vor. »Mitch und ich haben in Erinnerungen geschwelgt.«

»Freut mich, Sie kennenzulernen«, sagte ich.

»Kinder, ich bin mit Haut und Haaren gebraten!« rief sie und ließ sich neben mir auf einen Stuhl fallen. Zu Bodkin sagte sie: »Schatz, besorg mir einen Drink, ehe ich zu Staub zerfalle.«

»Dein Wunsch ist mir Befehl, Liebling.« Bodkin begann, wie ein Wilder mit den Armen in der Luft herumzufuchteln.

Als der Barkeeper ihn dennoch nicht gleich bemerkte, bot ich ihm an: »Ich bestelle gleich für Sie, wenn ich hinausgehe.« Bodkin hörte auf zu zappeln und sah mich erstaunt an. »Sie sind schon fertig mit mir?«

»Ja, das heißt, wenn Ihnen nichts mehr einfällt?«

»Nichts. Wirklich nicht. Ich habe all diese Leute seit einer Ewigkeit nicht mehr gesehen, Mitch. Du lieber Gott, wenn ich daran denke, was ich damals für ein armseliger Kerl war!« Er streckte die Hand aus und tätschelte die Rosarote an der Schulter. »Du hättest es nicht für möglich gehalten, Schätzchen.«

»Was trinken Sie?« erkundigte ich mich.

»Bourbon und Eis.« Das schien hier allgemein üblich zu sein.

Als ich aufstand, sagte Bodkin schnell: »Kümmern Sie sich nicht um Ihr Bier, Mitch, das geht auf mein Konto.«

Damit wollte er offensichtlich dem Mädchen imponieren. Deshalb bedankte ich mich feierlich und verabschiedete mich. Beim Hinausgehen machte ich an der Bar halt und bestellte den Bourbon. Draußen überfiel mich die Hitze jetzt mit doppelter Wucht. Noch dazu fand ich nur mit Mühe ein Taxi.

Auf der Fahrt dachte ich über die Begegnung mit Bodkin nach. Ich kam zu dem Schluß, daß er kaum etwas mit den Morden zu tun haben konnte. Schon möglich, daß er früher einmal fuchsteufelswild auf Terry Wilford gewesen war, aber das gehörte für ihn der Vergangenheit an, wie sein ganzes damaliges Leben. Er sah offenbar eine glänzende Karriere vor sich, und zwischen dem Claude Bodkin von heute und dem nichtsnutzigen Schmarotzer von damals klaffte ein himmelweiter Unterschied.

Womit er sich wohl sein Geld verdiente? Er hatte viel vom sogenannten Nachrichtenfach geredet. Aber die Nachricht, worum es sich dabei handelte, hatte er mir vorenthalten. Werbung? Fernsehen? Public Relation? Einerlei. Für mich stand fest: was meine Ermittlungen anbetraf, konnte ich Claude Bodkin so gut wie zu den Akten legen.

17

Als ich in das Ostblick-Café trat, war mir, als ob die gleiche Szene noch einmal von vorn abgespielt würde. Einen Augenblick war ich felsenfest davon überzeugt, gleich George Padbury vor mir zu sehen. Ich brauchte nur auf dem Absatz kehrtzumachen, und das ganze Drama war gegenstandslos. Ich fühlte mich wie im Traum. Die Kulisse war haargenau dieselbe: draußen die gleißende Sonnenhitze, drinnen dämmrige Kühle. Wieder das Gefühl, in einem völlig leeren Raum zu stehen. Und wieder unvermutete Bewegung im Hintergrund.

Aber die Gestalt, die plötzlich aus der Küche auftauchte, entpuppte sich als Hulmer Fass. »Mr. Tobin!« rief er. »Kommen Sie nur weiter.«

Ich ging zwischen den Tischreihen auf ihn zu. »Tag, Hulmer. Ich möchte mir einmal den Tatort oben ansehen.«

»Abe hat schon angerufen, daß Sie vorbeikommen.«

Wir gingen zusammen in die Küche. Dort stapelte Vicky gerade Teller auf. Nach unserer Begrüßung fragte Hulmer: »Wollen Sie, daß ich mit Ihnen raufgehe? Soll ich Ihnen alles zeigen?«

»Das käme mir sehr gelegen.«

Vicky fiel ein. »Möchten Sie nicht eisgekühlten Tee? Ich habe eben welchen gemacht.«

»Vielen Dank, das wäre großartig. Mit Zitrone, wenn es Ihnen nichts ausmacht.«

»Gern. Mit Zitrone.« Sie gab mir das Glas und meinte: »Furchtbare Hitze heute, nicht wahr?«

»Hier drin geht es einigermaßen.«

»Warten Sie nur, bis Sie raufkommen«, fiel Hulmer ein.

Sobald er die Tür geöffnet hatte, merkte ich, was er meinte. Eine trockene Brutkastenhitze schlug mir wie eine Welle entgegen.

Hulmer ging voran. Über die Schulter sagte er: »Passen Sie gut auf, hier ist es ziemlich dunkel.«

Damit hatte er allerdings recht. Ich folgte ihm vorsichtig. Zwischen schmutzig grauen Wänden zog sich eine enge Treppe hinauf. Ich merkte jetzt, daß Claude Bodkin nicht zuviel versprochen hatte. Der Schweiß drang mir in hellen Strömen aus allen Poren – drei ganze Flaschen Bier.

Oben, am Kopf der Treppe, war die Finsternis noch undurchdringlicher geworden. Aber Hulmer bückte sich und knipste eine kleine Tischlampe an. Sie hatte keinen Schirm und stand rechts an der Wand auf dem Boden. »Hier oben gibt es keinen Strom«, erläuterte Hulmer. »Darum hat Terry von unten Verlängerungsschnüre heraufgelegt.«

Wir befanden uns in einem schmalen Korridor, der von einem Ende des Gebäudes zum anderen führte. Die Fenster vorn und hinten waren mit Brettern vernagelt. Durch die Ritzen drang Sonne in dünnen Streifen. Im trüben Schein der Lampe sah ich das Kabel der Verlängerungsschnur. Es kam über die Treppe nach oben und zog sich durch den Flur nach hinten.

Rechts und links waren mehrere Türen, alle verschlossen.

»Rechts sind die Räume, die Terry benutzte«, berichtete Hulmer. »Dort drüben.«

Ich stieß die erste Tür rechts auf, in plötzlich gleißenden Sonnenschein hinein. Das Zimmer war ein schmales Rechteck, mit zwei Fenstern auf der rechten Seite, die ursprünglich ebenfalls mit Brettern vernagelt waren. Aber jemand hatte einen Teil der Planken gelöst, und die Nachmittagssonne malte goldene Muster auf den Holzfußboden. Zwar war es hier drin weit weniger staubig als in Flur und Treppenhaus, doch glich der Raum eher einem hastig verlassenen Zeltlager als einem Wohnzimmer.

Das erste, das mir in die Augen stach, waren die Wände, oder genauer gesagt, ihr Schmuck. Der Tür gegenüber hing ein großes abstraktes Bild, ein Wirrwar graublauer Linien mit einem orangefarbenen Zacken in der unteren linken Ecke. Rechts davon klebte ein farbiges Illustrierten-Foto; es zeigte Ausschnitte einer Studentendemonstration. Daneben ein Kohleporträt: ein Mädchenkopf, der Robin Kenelly darstellen mochte. Dann wieder kunterbunte Collagen. Die anderen Wände sahen ähnlich aus. Ich kam mir vor wie in einem vernachlässigten avantgardistischen Museum. Ansonsten war mit der Einrichtung nicht viel Staat zu machen. Zwei alte Küchenstühle, ein wackliges Büchergestell, auf einem kleinen runden Tisch Pullover, Hosen und Hemden in wüsten Haufen. Immerhin war das spärliche Mobiliar gleichmäßig über den Raum verteilt, nur in der äußersten rechten Ecke des Zimmers war ein verdächtig leerer Fleck. Hulmer deutete darauf und sagte: »Da drüben stand das Bett.«

»Wo die Leichen gefunden wurden?«

»Ja. Das heißt, es war gar kein wirkliches Bett. Terry hatte nur eine alte Doppelbett-Matratze. Die Cops haben sie mitgenommen. Aber da, an den Wänden, können Sie noch die Blutflecken sehen. Und hier auf dem Boden.«

Nun, da ich darauf hingewiesen wurde, bemerkte ich die großen braunen Flecken. Ich sah sie in jener Ecke an beiden Wänden, auch am Fußboden, einige vom Staub schon fast verdeckt. Auf dem Fußboden hatte jemand offensichtlich mit Kreide herumskizziert, aber die Striche waren schon fast verwischt. Die Lage der Leichen war also nicht mehr klar ersichtlich.

Ich fragte Hulmer: »Wie lautet die offizielle Version? Haben sich beide Morde hier in diesem Raum ereignet?«

»So stand es jedenfalls in den Zeitungen.«

Linker Hand war eine Tür, ich deutete mit dem Kopf darauf. »Wo führt sie hin?«

»In einen Nebenraum. Dahinter liegt das Bad. Kommen Sie nur.«

Er stieß die Tür auf, und ich folgte ihm in ein verdunkeltes Zimmer. »Einen Augenblick«, erklang vor mir Hulmers Stimme. Ich hörte, wie er sich seinen Weg ertastete. Schließlich flammte abermals eine kleine schirmlose Lampe auf, und ich konnte mich umsehen. Es gab hier überhaupt keine Fenster, dafür drei Türen. Das Zimmer entbehrte jeder Einrichtung, nur rechts stapelten sich alte Klamotten bis fast an die Decke: Kartons, zerbrochene Stühle, zusammengerollte Teppiche, alles Überreste einer früheren Epoche.

Hulmers Schritte gaben ein hohles Echo. Er durchquerte den Raum und zeigte auf die Tür gegenüber. »Hier ist das Badezimmer. Terry hatte Schwein, daß es hier oben wenigstens Wasser gab. Kein Strom, kein Gas, aber Wasser in Hülle und Fülle.«

»Moment mal«, sagte ich. Ich kniete auf den Boden und unterzog die Türschwelle einer genauen Prüfung. Aber nirgends war ein rostbrauner Streifen oder Fleck zu finden, nur grauer, staubiger Fußboden.

Ich stand auf, klopfte mir mit der Hand die Knie sauber und folgte Hulmer durch den Raum. Entweder es war kühler hier in diesem fensterlosen Raum, oder ich gewöhnte mich langsam an die Hitze.

Das Bad war wirklich eine Überraschung: geräumig, modern ausgebaut, mit allen Schikanen. Nur die Beleuchtung war wiederum mangelhaft: eine alte, windschiefe Tischlampe, selbstverständlich ohne Schirm. Wenigstens stand sie diesmal nicht verloren auf dem Fußboden, sondern auf der Marmorplatte neben dem großen Waschbecken. In ihrem Licht glänzten beige Kachelwände, ein weißer Fußboden, ebenfalls aus Kacheln, aber Beige war der vorherrschende Ton. Es leuchtete von der Badewanne, der Toilette, dem Waschbecken. Das Bad selbst war mit Dusch-Vorhängen abgeteilt. An der Wand hing ein großer Medizinschrank mit Doppeltüren, die innen einen Spiegel trugen.

»Gar nicht schlecht, was?« meinte Hulmer. »Bißchen unpersönlich, wie in einem Hotel. Aber was soll's? Immer noch besser als mein Loch zu Hause.«

Ich ging zur Badewanne und zog den Vorhang zur Seite. Den

Boden der Wanne hatte jemand mit breiten Gummistreifen beklebt, um die Rutschgefahr zu beseitigen. Aus dem Wasserhahn tropfte es langsam.

»Was ist denn das?« fragte Hulmer erstaunt.

»Was soll's denn schon sein? Der Hahn tropft.«

»Das hat er aber sonst nie getan.«

Ich griff hinüber und probierte die Hähne. Das kalte Wasser war noch eine Spur aufgedreht. Ich drehte den Hahn zu, und sofort hörte das Tropfen auf.

Hulmer achtete nicht weiter darauf. »Es war schon toll, daß man immer, wenn man wollte, hier oben duschen konnte. Das haben wir alle ausgiebig getan. Sehen Sie doch mal den Schrank dort. Da finden Sie Sachen von mir, von Abe, von George – von uns allen.«

»Auch von Robin?«

»Aber klar, was denken Sie denn? Schließlich haben die beiden hier zusammen gehaust, Mr. Tobin. Das ist doch nun wohl kein Geheimnis mehr.«

»Ich weiß.«

Rechts stand ein Wäscheschrank an der Wand. Ich zog die Tür auf. In den Fächern lagen bunt durcheinander Handtücher, Sokken, Unterwäsche, die verschiedensten Tuben, Flaschen und Töpfe.

Hulmer neben mir runzelte empört die Stirn. »So eine verdammte Schweinerei.«

»Was denn, um Himmels willen?«

»Mein Prunkstück!« sagte er entrüstet. »Mein Badehandtuch. Mein Bruder hat es aus dem Erster-Klasse-Schlafwagen geklaut, als er damals Aushilfsschaffner war. Und jetzt hat es jemand mitgehen geheißen. Bestimmt einer von den verdammten Cops.«

»Nein, bestimmt nicht. Warum sollte ein Polizist Ihnen ein Handtuch klauen?«

Hulmer zuckte verächtlich die Schultern. »Warum nicht? Denen ist doch alles zuzutrauen. Die sind hier oben tagelang herumgetrampelt. Ein paar haben sich hier auch gewaschen. Sehen Sie doch nur, in welchem Zustand sie die Handtücher dort auf der Stange zurückgelassen haben.«

»Aber warum sollten sie eins gestohlen haben?« wandte ich ein. »Darauf läßt sich doch absolut kein Vers machen. Sind Sie ganz sicher, daß das Handtuch hier oben war?«

»Hundertprozentig. Das hier ist mein Fach, da liegen mein

Rasierapparat, meine Seife, sogar meine Hausschuhe. Und alles ist da, bis auf das Handtuch. Das war ein großes weißes Prachtstück mit einem dunkelgrünen Streifen in der Mitte. Da drin stand der Name der Schlafwagen-Gesellschaft. Zeigen Sie's mir doch, wenn Sie können. Na bitte, wo ist es?«

»Vielleicht in der Wäsche?«

Er schüttelte energisch den Kopf. »Ich wasche meine Sachen selber, in einem Münzsalon. Das Handtuch habe ich nie weggegeben, seitdem mein Bruder es mir mitgebracht hat.«

»Dann wollen wir mal gründlich danach suchen«, erklärte ich.

Er sah mich prüfend an. »Warum denn? Was interessiert Sie denn an dem Handtuch so sehr?«

»Eins ist doch sicher, Hulmer: Der Mörder hatte Blutflecken an sich. Vielleicht hat er Ihr Handtuch gebraucht, um sie abzuwischen.«

»Glauben Sie?« fragte er skeptisch. Er sah sich um. »Am Ende hat er noch geduscht.«

»Gar nicht so abwegig. Und dabei war er so in Eile, daß er den Kalt-Wasser-Hahn nicht richtig zugedreht hat. Oder hat etwa jemand von Ihnen seither hier gebadet?«

»Nicht die Bohne. Seit den Bullen war niemand mehr hier oben. Außer uns beiden jetzt natürlich.«

»Also gut. Gehen wir ruhig davon aus, daß der Mörder sich duschte. Möglich, daß er Ihr Handtuch zum Abtrocknen benutzte. Und dann wischte er damit seine blutige Fußspur vom Boden, oder die Blutflecken von seinen Schuhen. Auf jeden Fall bekam Ihr Handtuch Blut ab. Deshalb konnte er es nicht herumliegen lassen, denn das hätte darauf hingedeutet, daß außer den beiden Toten und Robin noch jemand hier oben gewesen war. Darum hat er das Handtuch entweder mitgenommen oder es irgendwo gut versteckt.«

»Die Cops haben aber hier oben alles gründlich durchwühlt. Wenn sie ein blutiges Handtuch gefunden hätten, wäre das nicht unerwähnt geblieben.«

»Richtig«, gab ich zurück. »Mit anderen Worten: Wenn ich recht habe und er das Handtuch wirklich benutzt hat, dann hat er's mitgenommen. Vielleicht unter dem Hemd um die Brust gewickelt. Aber zunächst einmal müssen wir sicher sein, daß das Handtuch wirklich verschwunden ist. Sie bestehen also darauf, daß es sonst nirgendwo sein kann?«

»Absolut. Hundertprozentig.« Er überlegte einen Moment. »Aber was ist mit seinen Kleidern?«

»Ich verstehe nicht, was Sie meinen.«

»Ganz einfach«, sagte Hulmer. »Er kann duschen und sich das Blut vom Körper waschen, aber seine Kleider? Die kann er doch nicht mitduschen. Wie sollen die denn so schnell trocknen?«

Ich sah ihn an. »Er trug keine Kleider.«

»*Was?*«

»Wäre er bekleidet gewesen, hätte sein Körper nicht soviel Blut abbekommen. Sein Gesicht, mag sein, vielleicht auch seine Hände oder Arme. Damit aber Schluß. Und das Duschen hätte für ihn überhaupt keinen Sinn gehabt. Hat er aber wirklich geduscht, dann tat er es, weil er über und über mit Blut besudelt war. Demnach war er nackt. Kommen Sie, wir gehen ins Schlafzimmer.«

»Soll ich das Licht ausmachen?«

»Lassen Sie's ruhig brennen.«

Wir gingen in den anderen Raum. Dort resümierte ich: »Langsam begreife ich, wie sich alles zugetragen hat. Diese Frau, Irene Boles, sie war doch nackt, als man sie fand, oder?«

»Stimmt, sie war nackt. Aber Terry war völlig angezogen.«

»Schön.« Ich ging zur Tür und blickte hinaus auf den Flur. »Irene Boles und der Kerl kamen zusammen nach oben. Sie zogen sich aus. Wahrscheinlich diente ihnen die Matratze dort als Liebeslager. Plötzlich gab es Streit, oder vielleicht drehte auch nur einer der beiden durch. Jedenfalls passierte folgendes: Der Killer ersticht die Frau, dann hörte er Schritte auf der Treppe und draußen auf dem Flur. Terry und Robin kommen herauf. Nein, halt, falsch: Er hört sie nicht, sie überraschen ihn vielmehr völlig unvermittelt. Sie finden ihn nackt, über und über voll Blut, das bluttriefende Messer in der Hand. Terry macht eine falsche Bewegung, entweder auf ihn zu oder zur Tür. Auf jeden Fall setzt ihm der Mörder nach. Sehen Sie doch mal, Hulmer, da drüben an der Tür sind noch die Reste einer Markierung. Dort wurde Terrys Leiche gefunden.«

»Kreidemarkierung?« fragte er erstaunt.

»Das gehört zur Polizeiroutine. Die Lage einer Leiche wird mit Kreidestrichen markiert, als Erkennungsmerkmal für die Fotografen.« Ich sah mich um. »Na schön, also die Frau, Irene Boles, ist tot. Terry ebenfalls. Hier steht der Killer mit dem Messer. Und wo ist Robin?«

Hulmer überlegte einen Augenblick, ehe er antwortete. »Wahrscheinlich immer noch in der Tür, völlig erstarrt.«

»Genau. Sie hat einen schweren Schock erlitten. Stellen Sie sich doch vor: Ein nackter Mann, blutbeschmiert, ersticht ihren Geliebten vor ihren Augen. Also Robin steht dort, keiner Bewegung fähig, zu Stein erstarrt. Der Killer geht auf sie zu. Was plant er? Sie ist eine Zeugin, die er loswerden muß. Er will sie ebenfalls umbringen. Aber dann bemerkt er, in welchem Zustand sie sich befindet, und blitzartig wird ihm der Ausweg aus seiner Situation klar. Er beschmiert Robin mit Blut, drückt ihr das Messer in die Hand und läßt sie einfach stehen.«

Hulmer wandte ein: »Aber geht er dabei nicht ein enormes Risiko ein? Wenn der Schock nun plötzlich nachgelassen hätte?«

»Der Mörder hat ihren Zustand ganz richtig eingeschätzt. Er wußte genau, daß sie noch eine gute Weile wie erstarrt sein würde. Jedenfalls so lange, bis er geduscht, sich angezogen und das Weite gesucht hatte. Was hinterher kam, war ihm ziemlich egal. Er erkannte, daß ihr niemand glauben würde, wenn sie der Polizei danach mit dem großen Unbekannten kam.«

»Unbekannten?« wiederholte Hulmer. »War es denn nicht jemand, den sie kannte?«

»Da bin ich mir nicht so sicher. Was mich stutzig macht, ist die Sache mit Irene Boles. Wollen Sie mir einen Gefallen tun, Hulmer?«

»Aber sicher.«

»Schlagen Sie doch einmal das Telefonbuch auf und suchen Sie alle Leute heraus, die Boles heißen und in Harlem leben. Dann rufen Sie diese Leute an und treiben Sie jemanden auf, der mit Irene verwandt ist. Ich muß unbedingt jemanden sprechen, der sie kannte.«

»Gemacht. Wollen Sie noch hier oben bleiben?«

»Ja, eine Weile.« Er verschwand. Ich stand in dem leeren Raum und rekonstruierte die Szene abermals. Meine Phantasie arbeitete auf Hochtouren. Plötzlich war ich Zeuge des ganzen Geschehens und sah alles, nur eines nicht: das Gesicht des Killers. Er blieb eine undeutliche Figur. Ich sah nur das Blut, das ihn über und über bedeckte, und das blitzende Messer in seiner Hand.

Den Ablauf der Tat konnte ich rekonstruieren, aber ihr Sinn blieb mir verborgen. Warum war der Mörder überhaupt hier gewesen? Und warum mit Irene Boles? Warum hatte er sie umgebracht? Warum hatte er dann Terry Wilford ermordet? Und warum schließlich hatte er Robin am Leben gelassen?

Irrte ich mich am Ende in der Reihenfolge der Geschehnisse? Womöglich hatte sich der Mörder mit Irene Boles hier befunden, und als Terry und Robin hereinplatzten, hatte er zunächst Terry umgebracht. Danach mußte er zwangsläufig auch Irene Boles töten.

Nein, das ging nicht auf. Nach allem, was ich gehört hatte, war Irene Boles auf dem Bett gefunden worden, Terry aber in der Mitte des Zimmers. Also mußte es anders herum gewesen sein – zuerst Irene, dann Terry. Irene Boles war schon tot, als Terry und Robin die Treppe heraufkamen.

Konnte man daraus folgern, daß der Mord an Terry lediglich ein zufallsbedingtes Nebenprodukt war? Sozusagen ein Notbehelf des Killers, während der Mord an Irene Boles den Ausgangspunkt des ganzen Dramas darstellte?

Eines stand fest: Ich mußte jetzt zwei Zeugen verhören. Zunächst einmal jemanden, der Irene Boles gut gekannt hatte, und dann Robin. Ich mußte unbedingt herausfinden, ob Robin sich an irgend etwas erinnern konnte, und wenn es nur verzerrte Bruchstücke waren.

Ich verließ den Tatort und ging hinunter in die Küche. Hulmer stand noch am Telefon. Ich fragte Vicky, ob sie eine Taschenlampe hätte.

»Aber klar. Ich muß nur erst nachdenken, wo.«

Sie durchwühlte unzählige Schubladen, aber schließlich fand sie die Taschenlampe. Ich ging wieder nach oben. Und dann brauchte ich zehn Minuten, um mich zu vergewissern, daß es keinen anderen Weg aus dem Gebäude gab. Normalerweise hätte man über das flache Dach entkommen können, aber die Tür dorthin war von innen fest vernagelt. Auch alle Fenster in den oberen Stockwerken waren mit Brettern verschlossen, nur das in Terrys Wohnraum hätte theoretisch einen Fluchtweg bieten können. Doch es führte direkt in die Mausefalle, die der Hinterhof mit dem neuen Gebäude gegenüber bildete. Es gab also keinen Ausweg, ebensowenig wie eine Spur von dem verloren gegangenen Handtuch.

Alle anderen Unklarheiten einmal beiseite gelassen, blieb das große Fragezeichen: Wie hatte sich der Killer davonmachen können? Es gab nur einen Weg, und der führte unten vorbei an George Padbury. Und ich glaubte George Padburys Aussage, daß niemand von oben gekommen war. George war ganz und gar nicht der Typ gewesen, der einen Mord vertuscht hätte, schon gar nicht den Mord an seinem Freund, für den eine gute Freundin nun den Kopf hinhalten sollte. Schön, George Padbury hatte später verzweifelt versucht, mich telefonisch zu erreichen, aber dabei hatte es sich mit Sicherheit um etwas gehandelt, das ihm erst nachträglich eingefallen war. Aber der Umstand, daß es ihm eingefallen war, hatte sein Todesurteil bedeutet.

Wie also hatte der Mörder den Tatort verlassen können? Es gab doch nur einen Weg: über die Treppe und durch das Café. Und eben diesen Weg hatte er nicht genommen.

Schließlich gab ich es auf. Ich knipste die kleinen Lampen aus und ging wieder nach unten. Dort erwartete mich Hulmer. Er war ganz aufgeregt. »Einen Verwandten von Irene Boles habe ich nicht für Sie parat, Mr. Tobin. Sondern was viel Besseres: ihren Luden.«

»Sie meinen, ihren Zuhälter?«

»Denselben. Und wenn jemand über sie Bescheid weiß, dann der. Darauf möchte ich wetten.«

»Wo finde ich ihn?« erkundigte ich mich.

Er zögerte etwas. »Mr. Tobin, ich glaube, da sollte ich besser mitkommen.«

»Warum?«

»Weil das Schwein auf keinen Fall den Mund aufmacht, wenn ihn ein Weißer in die Mangel nimmt. Und erst recht nicht, wenn der Weiße ein Cop ist. Erstens sind Sie ein Weißer, Mr. Tobin, und zweitens riechen Sie zwei Meilen gegen den Wind nach Cop.«

»Also schön. Kommen Sie mit.«

»Wir nehmen meinen Wagen«, erklärte Hulmer. »Ich rufe dich von unterwegs an, Vicky.«

»Mach dir um mich keine Sorgen.« sagte Vicky.

»Schließ auf jeden Fall die Tür ab bis Abe kommt.«

Sie versprach es ihm, ging mit zur Tür und riegelte hinter uns ab.

Draußen wandte sich Hulmer an mich. »Verstehen Sie, ich möchte nicht, daß Vicky das nächste Opfer ist.«

»Und ich möchte nicht, daß es überhaupt ein nächstes Opfer gibt.«

18

Der Zuhälter hieß Jim Caldwell, und wir brauchten eine Ewigkeit, um ihn aufzutreiben. Hulmer schleppte mich von einer obskuren Negerkneipe in die andere, und immer wieder zogen wir eine Niete. Ich war schon fast zu der Überzeugung gelangt, daß wir einem Phantom nachjagten, als es dann ganz plötzlich doch klappte. Wir befanden uns in einer ziemlich finsteren Spelunke. Die Musikbox kreischte auf Hochtouren. Hulmer stellte dem Barkeeper die übliche Frage. Der Mann musterte ihn kurz und deutete dann mit der Hand in die hinterste Ecke des Raumes.

Wir schlängelten uns zwischen den Tischen durch, Hulmer voran. Die Stammkunden des Etablissements starrten uns mit ausdruckslosen Augen an. Ich war der einzige Weiße im Raum. Ganz hinten, am letzten Tisch, saß ein hochgewachsener kräftiger Bursche mit mühsam glattgestriegeltem Haar und leicht vorstehenden Zähnen. Sein perlgrauer Anzug leuchtete in der Dunkelheit wie eine Markierungsboje. Neben ihm hockte eine junge Frau, etwas zu fett für ihr Alter. Zwar war es hier hinten einigermaßen kühl, doch paßte die Kleidung der beiden nicht zu diesem heißen Sommertag. Was den Mann betraf, so entsprach der geschniegelte Aufzug genau der Mentalität des Zuhälters, und die langen Blusenärmel seiner Begleiterin sollten wohl vor allem die verräterischen Einstichnarben an den Armen verbergen.

Auf der Fahrt nach Harlem, in Hulmers altem schwarzen Buick, hatte der Junge mir berichtet, was er von Irenes Schwester über Caldwell in Erfahrung gebracht hatte. Jim hatte mehrere Pferdchen laufen, und Irene hatte seit drei Jahren zu seinem Stall gehört. Er war für seinen Jähzorn hinreichend bekannt, jedoch war er nie im Kittchen gelandet, soweit die Schwester wußte. Als Irenes Mörder kam er nicht in Frage. Zur Tatzeit hatte er sich nämlich in Gesellschaft von drei weiteren Personen in der Wohnung der Schwester aufgehalten. Er hatte dort auf Irene gewartet, die ihm abhanden gekommen war, offenbar in der Annahme, daß sie früher oder später bei ihrer Schwester auftauchen mußte. Ich fragte Hulmer, ob er es nach seinem Gespräch für möglich hielt, daß sie das Alibi für Jim Caldwell nur deichselte. Er hielt das für unwahrscheinlich. Im Gegenteil, nach seinem Eindruck tat es Irenes Schwester eher leid, daß sie diesem Mann einen Persilschein ausstellen mußte. Hulmer war bereit, Wetten darauf anzunehmen, daß Irenes Schwester Jim Caldwell nicht riechen konnte.

Als ich ihn mir jetzt ansah, konnte ich ihr das nachfühlen. Und ich bedauerte es ebenfalls zutiefst, daß der Mann offenbar ein hieb- und stichfestes Alibi hatte. Als Mörder von Terry Wilford hätte er prächtig ins Bild gepaßt: brutal genug, um einen Menschen kaltblütig abzustechen, und gerissen genug, um Robins Zustand zu seinem Vorteil auszunutzen.

Ich ließ zunächst Hulmer das Gespräch führen. »Habe ich es mit Mr. Caldwell zu tun?« fragte der Junge betont höflich.

Caldwell gab sich großspurig. »Allerdings, mein Bürschchen«, antwortete er herablassend. »Was willst du denn von mir?«

»Mr. Caldwell«, erkundigte sich Hulmer, »kennen Sie das Mädchen, von dem die Polizei sagt, es hätte Irene umgebracht?«

Er wurde sofort mißtrauisch. »Was is' mit ihr?«

»Das hier ist ihr Vetter. Er glaubt nicht an ihre Schuld. Und er braucht Hilfe.«

»Und was soll ich dabei, Bürschchen?«

»Wissen Sie, Mr. Caldwell, wir haben mit Susan gesprochen, mit Irenes Schwester.«

»Was, mit dem Luder?«

»Sie hat uns gesagt, daß Sie bei ihr waren, als Irene ermordet wurde.«

In Caldwells Blick mischten sich Erstaunen mit Erleichterung. Er grinste ungläubig. »Na, wer hätte das gedacht? Eher hätte ich damit gerechnet, daß dieses Luder mich über die Klinge springen läßt.«

»Dürfen wir uns setzen, Mr. Caldwell?« fragte Hulmer.

Der Mann starrte an Hulmer vorbei, offenbar versuchte er im Halbdunkel, in meinem Gesicht zu lesen. »Was soll das eigentlich?« erkundigte er sich, nun wieder mißtrauisch. »Laß doch den Mann für sich selbst reden, Kleiner. Was wollt ihr eigentlich von mir?«

Ich trat an den Tisch. »Nur ein paar Auskünfte«, erklärte ich. »Ich will herausfinden, wer Irene umgebracht hat.«

»Ist doch klar: Ihre kleine Cousine«, meinte er.

Ich schüttelte den Kopf und sah ihm direkt in die Augen. Er starrte zurück und wollte mir so seine Überlegenheit beweisen, aber er hielt nicht durch. Nach einer Minute senkte er den Blick, zuckte die Schultern und meinte: »Was soll ich dazu schon sagen?

Ich war woanders und weiß nicht einmal, wer gerade bei ihr war. Ich weiß rein gar nichts.«

»Vielleicht wissen Sie doch etwas«, beharrte ich. »Lassen Sie mich Ihnen ein paar Fragen stellen; dann sehen wir ja, was dabei herauskommt.«

»Und was kommt für mich dabei heraus?«

»Ich kaufe keine Informationen, wenn Sie das meinen. Ihre Drinks bezahle ich, aber damit hat sich's.«

Er lachte. »Also ein Billigheimer.«

»Allerdings.«

»Na gut, ich trinke Scotch.« Das sollte mich wohl beeindrucken. »Und meine Puppe hier auch. Stimmt's, Schnucki?« Sie drehte zum erstenmal den Kopf in unsere Richtung und sah den Mann vage an. Offenbar hatte sie nichts kapiert.

»Also Scotch für alle«, sagte ich.

»Na schön, Mister, dann setzen Sie sich mal.« Caldwell deutete auf den Stuhl gegenüber. Hulmer forderte er auf: »Bürschchen, du zeigst dem Kerl da vorne, daß wir ihn brauchen.«

Hulmer zögerte. Ich fischte einen Fünfer aus der Brieftasche und steckte ihm den Schein zu. »Bestellen Sie uns eine Runde.«

»Okay.« Das klang immer noch etwas zögernd, aber er ging.

Ich setzte mich, stützte die Ellbogen auf den Tisch und fing an, den Mann zu bearbeiten. »So, wie wir die Sache sehen, war Irene das eigentliche Opfer. Der junge Wilford kam nur im falschen Moment dazu.«

»Manche haben eben immer Pech«, meinte er. »Aber ich quatsche erst, wenn mein Drink vor mir steht.«

»Wie Sie wollen.«

Wir warteten. Caldwell grinste vor sich hin, die Frau neben ihm starrte ins Leere. Ich wiederum fragte mich, was ich wohl aus diesen Maskenvisagen herausbekommen würde.

Schließlich erschien Hulmer mit den Drinks. Er trug die Gläser auf einem runden Blechtablett, ein kleines Glas Whisky für jeden von uns, dazu vier große Gläser mit Wasser und Eiswürfeln. Als er die Drinks verteilt hatte, stellte er das Tablett auf einem Nebentisch ab und setzte sich.

Ich trank etwas Wasser ab und goß dann den Scotch in das große Glas. Caldwell hielt es ganz anders. Er kippte den Whisky pur und vertauschte dann blitzschnell sein leeres Glas mit dem vollen seiner Begleiterin. Dann wischte er sich mit dem Handrücken den Mund. »Na also, so geht's schon besser. Stellen Sie ruhig Ihre Fragen, Mister.«

»Wann haben Sie Irene zum letztenmal gesehen?« erkundigte ich mich.

»Zum letztenmal? Na, so um fünf an dem Morgen. Sie machte ihre Runde und kam in die Bude an der Neunundvierzigsten. Das ist nämlich mein Stammquartier. Sie kam herein und meckerte. Wäre kein Geschäft, die Kerle machten nichts locker, sie fühle sich miserabel und müßte unbedingt einen Schuß H haben. Da hab ich ihr's aber gegeben. Sie sollte erst mal die nötigen Moneten anschleppen. Schließlich krieg' ich das Zeug auch nicht geschenkt. Na ja, sie machte sich dünne. Danach hab ich sie nicht mehr gesehen. Gegen halb acht bin ich in meine Bude gegangen und hab mich hingehauen. Um elf wachte ich auf. Dann hab ich mich rüber zu der blöden Schwester gemacht. Und da war ich immer noch, als die Bullen kamen.«

Ich fiel ein: »Als sie umgebracht wurde, war sie bis oben hin voll Heroin. Von wem hat sie das Zeug dann bekommen?«

»Na, von wem schon? Von mir natürlich. Denken Sie etwa, ich hätte der Gans erlaubt, sich woanders nach ihrem Lieblingsstoff umzusehen? Dann hätte ich das Luder ja nie mehr zur Arbeit gekriegt.«

»Aber an dem Tag, als sie starb, hatte sie den Koks doch offensichtlich nicht von Ihnen. Woher dann?«

Caldwell zuckte die Schultern. »Weiß ich's? Vielleicht von einem Kunden.«

»Gaben die ihr öfter was?«

Er zögerte den Bruchteil einer Sekunde. Dann antwortete er: »Nee, das nicht. Ist jedenfalls noch nie vorgekommen. Aber vielleicht diesmal.«

»Sie brauchen mir nichts zu verschweigen«, sagte ich. »Ich bin nicht von der Polizei.«

»Wer verschweigt denn hier was?«

»Sie. Sie wissen ganz genau, daß Irene ihr Zeug manchmal auch aus anderen Quellen bekam. Das merke ich doch.«

Caldwell sah mich mit einem schiefen Grinsen an. Nach einer Weile kippte er seinen zweiten Whisky, schob das Glas weg und erklärte: »Zeit für 'ne neue Runde.«

»Mit Vergnügen.« Ich nahm einen weiteren Fünfer hervor und gab ihn Hulmer. »Diesmal keinen für mich.«

Er nickte und verschwand in Richtung Bar.

Ich wandte mich wieder an Caldwell. »Rücken Sie doch mal mit der Sprache heraus. Gut, ich weiß, es springt dabei weiter nichts für Sie raus. Sie haben auch Angst, mir zuviel zu erzählen. Aber ich schwöre Ihnen, daß ich keine Ihrer Auskünfte gegen Sie verwenden werde.«

Er grinste mich zynisch an. »Das schwätzt sich so schön daher. Aber werden Sie es auch halten?«

»Schließlich können Sie nicht Irenes Mörder sein«, wies ich ihn auf den wichtigsten Umstand hin. »Und damit ist mein Interesse an Ihnen erloschen. Also dürfen Sie es mir doch ruhig sagen, wenn Irene noch von jemand anderem ihr Heroin bekam.«

Er stierte mich an. Ich war mir nicht im klaren, ob er krampfhaft überlegte oder nur auf die neuen Drinks wartete. Wir warteten stumm, bis Hulmer mit dem Zeug ankam. Diesmal trug er nur zwei Whiskygläser und deponierte sie gleich beide vor Caldwell. Dann beugte er sich zu mir. »Will mal schnell Vicky anrufen. Bin gleich zurück.«

»Gut.«

Caldwell sah ihm nach. »Gewiefter Bursche, was?«

»Sieht so aus.«

»Universität natürlich?«

»Weiß nicht. Kann schon sein.«

»Ist wohl der Scheich von Ihrer kleinen Cousine, was?«

»Sie sind befreundet, ja.«

Er nickte. »Mensch, das hätte ich früher mal machen sollen. Diese schwarzen Lümmels! Heutzutage gehen die einfach rüber nach Greenwich Village oder sonst wohin und fressen soviel weißen Speck, wie sie können. Das hätte ich vor zehn Jahren mal versuchen sollen, da hätten sie mich in einer Kiste nach Hause geschickt. Als mausetoten Nigger.«

»Die Zeiten ändern sich eben.«

»Sie kriegte es von einem Cop«, meinte er nebenbei.

Ich brauchte ein paar Sekunden, um mitzubekommen, daß er sich soeben bequemt hatte, meine ursprüngliche Frage zu beantworten.

»Das Heroin?« brachte ich schließlich heraus.

»Klar, was denn sonst? Es war vor drei Monaten vielleicht, da war sie mal die ganze Nacht weg. Morgens um neun kreuzte sie dann wieder auf, dicke voll. Mann, hab ich die ausgequetscht. Irgendso'n Polyp hatte sie in einer Bar aufgegabelt. Sie dachte erst, der Kerl wollte sie hochnehmen, weil sie auf den Strich ging, aber er klemmte sie sich unter den Arm und nahm sie mit zum Hafen. Da gingen sie auf ein Schiff, so 'nen alten Frachtkahn. Der Pott stand leer, weil es da gerade erst gebrannt hatte. Der Bulle wußte wohl davon. Sie gingen in die Kapitänskajüte, und da haben sie sich dann eine rosarote Nacht gemacht. Genug H für beide, und was sonst noch so dazugehört. Das ist dann noch ein paarmal passiert, immer derselbe Kerl. Und immer hat er sie an einen anderen verrückten Platz geschleppt, irgendwohin, wo es ganz unheimlich war. Das gehörte bei ihm wohl zum Vergnügen. Jedesmal war es dasselbe: Er hat ihr nie Geld gegeben, aber immer genug H.«

»Wie heißt der Mann?«

»Weiß ich nicht. Ehrlich nicht. Er hat's ihr nie gesagt. Jedenfalls behauptete sie das.«

»Als sie an dem Morgen nicht auftauchte, glaubten Sie da, daß Irene wieder mit ihm unterwegs war?«

»Zuerst ja, aber später nicht mehr. Denn wenn sie mit dem Kerl zusammengesteckt hatte, kam sie nie später als halb neun oder neun nach Hause.«

In diesem Augenblick kehrte Hulmer zurück. Er machte ein sehr ernstes Gesicht, beugte sich zu mir und fragte: »Sind Sie hier fertig, Mr. Tobin?«

»So gut wie.«

»Ich aber nicht«, fiel Caldwell ein und zeigte auf seine beiden leeren Gläser.

Ich hatte noch eine letzte Fünfdollarnote in der Brieftasche. Was half's, ich gab sie dem Mann. »Ist es Ihnen recht, wenn Sie diesmal selbst bestellen?«

»Kann man wohl sagen«, antwortete er grinsend und steckte den Schein in seine Brusttasche. Seine Partnerin folgte der Bewegung mit hungrigen Augen. Ich stand auf. »Danke für die Hilfe.«

»Hab ich Ihnen denn geholfen?«

»Vielleicht mehr, als Sie denken. Und Sie brauchen sich wirklich keine Sorgen zu machen, daß Sie Schwierigkeiten bekommen.«

Er räkelte sich lässig. »Mach' ich auch nicht. Schließlich bin ich blitzblank.«

Hulmer hatte es offensichtlich eilig. Er lief mir voraus zum Eingang. Draußen überfiel uns die Hitze. »Also, was gibt's?«

»Kommen Sie schnell mit zum Auto. Ich berichte Ihnen unterwegs.«

Ich hatte Mühe, mit ihm Schritt zu halten. Schließlich erfuhr ich es.

»Bischof Johnson hat gerade Abe angerufen, er sucht nach Ihnen. Abe sagte ihm, Sie wären vielleicht im Ostblick-Café. Also rief er da an und hinterließ eine Nachricht. Wir müssen sofort zu ihm.«

»Nur nicht so eilig«, warf ich ein. »Während Sie am Telefon waren, hat Caldwell mir nämlich eine wichtige Neuigkeit berichtet. Vielleicht ist das des Rätsels Lösung.«

»Hören Sie erst einmal *meine* Neuigkeit«, meinte er. Wir hatten den Buick erreicht. Während er hastig aufschloß, sagte er über die Schulter: »Donlon ist tot.«

19

Auf mein Drängen parkte Hulmer den Buick kurzerhand an einem Hydranten. »Wenn Sie ein Strafmandat bekommen, zahle ich«, versprach ich. »Wir können nicht erst lange nach einem Parkplatz suchen.«

Hulmer stellte den Motor ab und fragte: »Soll ich hier warten?«

»Warum denn? Kommen Sie nur mit.«

»Okay.«

Während er noch die Tür verschloß, ging ich schon auf den umgebauten Laden zu, in dem sich die ›Samariter der Neuen Welt‹ ihren neuen Tempel eingerichtet hatten. Im Laufen sah ich unwillkürlich hinüber zum Park. Wo vorher Donlon gesessen hatte, lungerten jetzt zwei alte Weiber herum.

Ich betrat die sogenannte Kathedrale, und wieder brauchten meine Augen einige Zeit, sich an das Dämmerlicht zu gewöhnen. Von einer der hinteren Bänke stand Bruder William auf. Noch eine Reihe weiter hinten saß Bischof Johnson. Er trug seine große Sonnenbrille.

Bruder William war sichtlich erstaunt, daß mich Hulmer begleitete, aber er verbiß sich einen Kommentar. Statt dessen fragte er nur kurz: »Wollen Sie ihn sehen?«

»Ja.«

»Kommen Sie mit hinaus.«

Bruder William führte uns vor den Laden und dann nach links. Hier draußen, auf der staubigen, sonnenhellen Straße, bot er in seiner weißen Robe ein seltsames Bild. Kurz vor der nächsten Ecke, unmittelbar am Park, zeigte er auf einen schwarzen Wagen, der gegen alle Verkehrsregeln quer auf der schmalen Straße geparkt war. »Dort«, erklärte er. »Ich warte hier.«

»Okay.«

Hulmer und ich überquerten die Fahrbahn und sahen uns die Bescherung an. Es war derselbe schwarze Wagen, in dem Donlon mich zu Hause aufgesucht hatte. Beide Seitenfenster waren heruntergedreht. Hinter dem Lenkrad lehnte Donlon. Der Kopf hing über die Lehne zurück. Seine Augen waren geschlossen, der Mund stand offen. Auf den ersten Blick sah es aus, als wäre er in der Hitze eingeschlafen.

Hulmer hatte Bedenken, sich die Sache aus der Nähe zu betrachten. Er blieb auf dem Bürgersteig stehen, während ich um den Wagen herum zum Fahrersitz ging. Ich sah durch das Fenster. Erst jetzt entdeckte ich links auf Donlons weißem Hemd einen roten Fleck. Von dort war das Blut heruntergesickert, über seinen Gürtel, bis auf die Hose. Der Revolver lag auf seinem Schoß. Ich hatte nicht den geringsten Zweifel, daß man Donlons Fingerabdrücke darauf finden würde.

Es war ganz klar, wie sich das alles abgespielt hatte. Donlon hatte seinen Beobachtungsstand vor dem Park in den Wagen verlegt. Dort hatte er entweder warten wollen, bis ich aus dem Sektentempel kam, oder er hatte ganz einfach das Gebäude unter Beobachtung gehalten. Der Mörder hatte die rechte Wagentür geöffnet und sich neben ihn gesetzt. Das mußte nicht unbedingt heißen, daß Donlon den Betreffenden kannte. Vielleicht wurde er auch mit einer Waffe in Schach gehalten. Der Mörder hatte Donlon dann seinen Dienstrevolver abgenommen, ihm gegen die Brust gehalten und abgedrückt. Dann hatte er Donlons Finger auf den Griff gepreßt, den Revolver fallen lassen und sich aus dem Staub gemacht. Den Schuß hatte bestimmt niemand gehört, und wenn, mußte er es für eine Fehlzündung gehalten haben.

Drei Dinge standen für mich fest! Der Mörder reagierte schnell, war ein Amateur und groß im Improvisieren. Er hatte jetzt fünfmal zugeschlagen, und jedesmal war die Methode eine andere gewesen. Zuerst war es ein Messer, dann ein Auto, später ein schweres Wurfgeschoß und schließlich ein Revolver. Außerdem hatte er wahrscheinlich alle Folgen aus Angst vor Entdeckung begangen. Wo steckte er jetzt? Wer war der nächste, von dem er sich bedroht fühlte. War ich es? Oder gab es noch andere, von denen er Gefahr befürchtete?

Ich mußte unbedingt mit Robin sprechen. Ich mußte mich davon überzeugen, daß sie gut aufgehoben war.

Ich ging zu Hulmer zurück. »Ich muß noch eine Zeitlang Ihre Chauffeurdienste in Anspruch nehmen. Haben Sie Zeit?«

»Selbstverständlich, Mr. Tobin.« Er sah ängstlich aus. »Ist er wirklich tot?«

»Ja. Erschossen. Es soll offensichtlich nach Selbstmord aussehen.«

»Aber warum Donlon?«

»Wenn ich das wüßte.«

Donlons Tod führte wieder in eine Sackgasse. Nach Caldwells Bericht über den seltsamen Polizisten, der Irene Boles mit Rauschgift versorgte und sich mit ihr an den verrücktesten Orten vergnügt hatte, war mir Donlon als der Mann erschienen, dem diese Rolle geradezu auf den Leib geschneidert war. Mit dem Mord brachte ihn überdies seine Kenntnis vom Ostblick-Café in Verbindung. Aber nun war ich mir nicht mehr im klaren. Womöglich war Donlon jener eigenartige Polizist gewesen, hatte aber mit dem Mord nichts zu tun gehabt. Im Gegenteil, vielleicht war er selbst hinter dem Mörder von Irene Boles her gewesen. Ich wußte keinen Ausweg, hatte aber das unangenehme Gefühl, eigentlich völlig klarsehen zu müssen. Nur war das ganz und gar nicht der Fall.

Die Zeit drängte. Ein verängstigter Killer lief herum, und er konnte jeden Moment neu zuschlagen.

Hatte er Donlon ermordet, bevor er es bei mir versucht hatte? Oder anders herum? Die zweite Version erschien mir wahrscheinlicher. Irgendwie spürte ich, daß ich dem Kausalzusammenhang zwischen dem Tod Donlons und dem Mordanschlag auf mich noch genauer nachgehen mußte. Aber dafür war im Augenblick keine Zeit.

»Kommen Sie, Hulmer, wir wollen weiter.«

Wir gingen zurück auf die andere Straßenseite, wo Bruder William immer noch auf uns wartete. Er sah mich betrübt an. »Sie bringen uns Unruhe, mein Bruder«, meinte er.

Zusammen gingen wir in die Kathedrale der Samariter, und

wieder war die trockene Kühle dort eine Wohltat. Bischof Johnson saß immer noch auf der letzten Bank. Er drehte sich uns halb zu, als wir eintraten.

Ich setzte mich neben ihn. »Sie hatten recht, er ist tot. Erschossen.«

»Und was geschieht jetzt?« Seine Stimme klang bitterböse. »Natürlich Aufregung und Ärger für uns alle, oder?«

»Nicht unbedingt. Ich glaube nicht, daß einer von uns die Sache melden sollte. Früher oder später wird schon jemand ihn finden und die Polizei benachrichtigen. Womöglich werden wir mit der Sache gar nicht in Verbindung gebracht. Wenigstens nicht gleich. Und vielleicht habe ich Zeit genug, inzwischen den Schuldigen zu finden.«

Seine Miene drückte Skepsis aus. »Ich hege nicht den geringsten Zweifel an Ihren Fähigkeiten, Mr. Tobin«, meinte er. »Aber ich fürchte, diese andere Sache, die auf Ihrer Seele lastet, lenkt Ihre Aufmerksamkeit ab.«

»Ich werde mein Bestes tun.«

»Und außerdem können wir doch den Mann nicht einfach da draußen liegen lassen. Wir müssen die Angelegenheit melden.«

»Wenn Sie davon wirklich überzeugt wären«, entgegnete ich, »dann hätten Sie die Polizei längst benachrichtigt. Und nicht erst mich.«

Er beugte den Kopf, als wolle er in sich selbst hineinhorchen. Schließlich sah er auf. »Ja, Sie haben recht.«

»Kann ich Ihr Telefon benutzen?«

»Selbstverständlich. Bruder William wird Ihnen den Weg zeigen.«

»Vielen Dank.«

Bruder William führte mich durch die Kapelle und den Nebenraum in eine Art Büro. Dort standen ein Aktenschrank und ein Schreibtisch, Telefon und Schreibmaschine.

Bruder William sah mich an. »Wenn Sie uns die Polizei fernhalten können, mein Bruder, dann segne Sie Gott.«

»Ich will's versuchen.«

»Die Polizei ist nämlich auf unseren Bischof nicht gut zu sprechen«, erläuterte er. »Sie trauen seiner lauteren Gesinnung nicht.«

»Das haben Polizisten nun mal so an sich.« Ich war mir gar nicht so sicher, ob das in diesem Fall für oder gegen den Bischof sprach, aber das behielt ich lieber für mich.

»Jetzt werde ich Sie nicht weiter stören«, sagte Bruder William und verschwand. Er schloß die Tür hinter sich.

Ich rief zu Hause an. Kate meldete sich. Sie fragte mich nach dem Stand der Dinge, und ich antwortete: »Wir haben es noch nicht geschafft. Ich muß unbedingt mit Robin sprechen. Kannst du ihre Mutter anrufen und das organisieren?«

»Ich kann's versuchen.«

»Ruf mich dann wieder an.« Ich gab ihr die Telefonnummer, und sie versprach, sich in wenigen Minuten wieder zu melden.

Ich vertrieb mir die Zeit, indem ich schamlos Schubladen und Schrank durchwühlte. Immerhin gehörte die Sekte zur Szenerie dieser Morde, war Inhaberin des Gebäudes, in dem das erste Verbrechen stattgefunden hatte. Und der letzte Mord hatte sich unmittelbar vor ihrer Haustür ereignet. Außerdem hatten die Samariter zu Donlons Opfern gehört, genau wie die jungen Leute im Ostblick-Café. Mußte man sich da nicht fragen, ob die guten Brüder und Schwestern doch tiefer in der Sache drinsteckten, als es zunächst den Anschein gehabt hatte?

Aber in den Fächern fand ich nicht das Geringste, das mich auf eine Spur hätte bringen können. Alles der übliche Bürokram: Steuerbescheide, Rechnungen, Versicherungspolicen. Auch Heilige haben ihren Papierkrieg.

Als ich gerade fertig war, klingelte das Telefon.

Es war Kate. »Tut mir leid, daß es so lange gedauert hat.«

»Macht nichts.«

»Ich habe mit Rita gesprochen, sie geht um vier hin. Sie sagt, daß immer nur zwei Verwandte vorgelassen werden. Robins Vater wollte eigentlich mitkommen, aber er überläßt dir jetzt seinen Platz.«

»Wo soll ich mich mit ihm treffen?«

»Beim Empfang. Sie wartet dort um vier auf dich.«

Ich hatte meine Cousine Rita Gibson seit einer Ewigkeit nicht mehr gesehen, darum fragte ich etwas besorgt: »Wie soll ich sie erkennen?«

»Keine Angst, Mitch, sie kennt dich schon.«

»Wenn du meinst? Übrigens, warte nicht mit dem Essen auf mich.«

»Hab's mir schon gedacht, daß du nicht kommst. Mitch, sei vorsichtig.«

»Das bin ich, ganz bestimmt.« Daß ich erst vor kurzem einem

Mordanschlag entgangen war, verschwieg ich ihr lieber. Wir verabschiedeten uns, und ich legte auf. In der Kapelle unterhielten sich Bischof Johnson und Hulmer. Bruder William war nicht in Sichtweite. Ich setzte mich neben den Bischof und sagte: »Wie Bruder William berichtet, hatten Sie früher auch Ärger mit Donlon. Damals in Ihrem alten Domizil.«

»Den hatten wir, allerdings. Dieser Mann hat uns wieder und wieder heimgesucht. Manchmal erschien es uns, als sei Detektiv Donlon der Abgesandte des Bösen. Der Mann hatte geradezu einen übernatürlichen Instinkt dafür, wie er anderen Leuten Schwierigkeiten machen konnte.«

»Haben Sie sich jemals bei seinen Vorgesetzten beschwert?«

»Das ist nicht unsere Art.«

»Also passiver Widerstand?«

»Sagen wir lieber, passives Dulden. Wir haben Detektiv Donlon auf unsere Art erduldet. Zugegeben, das geschah oft nicht ohne Zähneknirschen.«

»Hatte er ein System, mit dem er Ihnen besonders auf die Nerven fiel?«

Es dauerte eine Weile, bis die Antwort kam. »Wir haben nicht wenige Mitglieder, Männer und Frauen, die hier Zuflucht vor der übergroßen Bürde ihres Lebens suchten. Sie haben sich von den weltlichen Dingen völlig losgelöst. Diese Art von Brüdern und Schwestern nahm sich Detektiv Donlon besonders gern vor. Er verlangte ihre Papiere, zog ihre Motive in Zweifel und so fort. Immer wieder hatte er es auf dieselben Leute abgesehen.«

»Wie reagierten sie darauf?«

Er lächelte dünn. »Auf ganz verschiedene Art«, antwortete er. »Einige konnten sich nur mit Mühe beherrschen, andere suchten Schutz hinter ergebenem Fatalismus, anderen wiederum war Donlon und seine Methode willkommen.«

»Willkommen?« fragte ich erstaunt.

»Ja, es war für sie eine Gelegenheit, ihre seelische Stärke einer Heimsuchung gegenüber zu beweisen.«

»Und, hat die seelische Stärke standgehalten? Ich meine, hat ihm nie jemand eins über den Schädel gegeben oder ihm gedroht, ihn bei seinen Vorgesetzten anzuzeigen?«

Der Bischof schüttelte den Kopf. »Sie suchen also Ihren Mörder immer noch in unseren Hallen, Mr. Tobin«, stellte er fest. »Aber ich kann Ihnen nicht helfen. Keines unserer Mitglieder hat gegenüber Donlon je die Nerven verloren.« Plötzlich verschwand das Lächeln. »Nein, das ist nicht richtig. *Einen* Rückfall gab es zu verzeichnen. Ich bin aber der Überzeugung, daß nicht zuletzt Donlon es war, der diesen Rückfall verschuldet hat.«

»Berichten Sie mir bitte.«

»Es handelt sich um einen Mann, der früher dem Rauschgift verfallen war. Irgendwie hatte Donlon davon erfahren. Von diesem Augenblick an war der Mann natürlich ein gefundenes Fressen für ihn. Er ließ ihn nie mehr in Ruhe. Immer und immer wieder fragte er ihn nach seiner Vergangenheit aus, wollte alles über frühere Bekanntschaften, Rauschgifthändler und ähnliches wissen. Der Mann hat schließlich die Nerven verloren und das Weite gesucht. Er wurde wieder süchtig. Gut, das hätte in jedem Fall geschehen können. Ich glaube aber doch, daß Detektiv Donlon die hauptsächliche Ursache für den Rückfall war.«

»Wo befindet sich dieser Mann jetzt?«

»Er hat sich umgebracht. Viele Süchtige begehen schließlich Selbstmord, das wissen Sie ja. Sie greifen zur Droge, weil sie sich vor ihrer Verzweiflung schützen wollen. Wenn aber die Verzweiflung eines Tages doch die Oberhand gewinnt, dann gibt es für sie kein Entkommen mehr.«

Ich fragte: »Sind die meisten Ihrer Mitglieder ehemalige Rauschgiftsüchtige?«

»Nein, keineswegs. Schließlich sind wir nicht die Heilsarmee. Es mag noch ein oder zwei geben, aber die ›Samariter der Neuen Welt‹ betreiben kein Sanatorium.«

»Um ganz ehrlich zu sein, ich komme nicht darüber hinweg, daß Donlon ausgerechnet vor Ihrer Kapelle umgebracht wurde. Und schließlich haben sich die ersten beiden Morde in Ihrem alten Domizil ereignet. Irgendwie hängt Ihre Vereinigung mit der Sache zusammen.«

»Ich glaube gar nicht, daß es da ein großes Geheimnis gibt, Mr. Tobin. Vielmehr bin ich der Ansicht, daß Donlon nur deshalb hier starb, weil er Sie hierher verfolgt hatte. Und vielleicht hat wiederum der Mörder Donlon beschattet. Bruder William berichtete mir, daß Donlon für eine Weile verschwand, nachdem Sie gegangen waren. Schließlich kam er dann zurück. Bruder William hatte schon die Befürchtung, Donlon hätte irgendwie herausgefunden, daß Sie durch die Hintertür entwichen waren, und wäre Ihnen wieder auf der Spur.«

»Hat Donlon jemals das Gebäude hier betreten?«

»Soviel ich weiß, nicht.«

Ich schüttelte ratlos den Kopf. »Es gibt in dieser Sache noch so viele Dinge, die ich nicht begreife.«

»Ich habe aber den Eindruck, daß Sie Ihr Handwerk recht gut verstehen«, meinte der Bischof.

»Ihren Optimismus in Ehren.« Ich stand auf. »Jedenfalls herzlichen Dank, daß Sie mich und nicht die Polizei benachrichtigt haben.«

»Sie haben ja selbst gesagt, ich hätte das aus egoistischen Motiven getan«, sagte er lächelnd.

»Trotzdem vielen Dank.«

»Würden Sie mich verständigen, wenn Sie etwas in Erfahrung bringen?« bat er.

»Selbstverständlich.«

Ich nickte Hulmer zu, und wir machten uns auf den Weg. Draußen fragte er mich: »Ist er blind?«

»Ja.«

»Ich dachte es mir, aber mit der Sonnenbrille war es schwer zu sagen.«

»Haben Sie ihn denn noch nie gesehen?«

»Nein. Abe und Terry haben die Verhandlungen mit ihm geführt. Und keiner hat mir gesagt, daß er blind ist.«

»Was halten Sie von ihm?«

»Vom Bischof? Ich weiß nicht recht. Ich fürchte, er ist ein Heiliger. Das heißt, sofern Sie an Heilige glauben.«

»Dann halten Sie es also nicht für möglich, daß der Mörder einer von seinen Leuten ist?«

»Ein Samariter?« Er schüttelte energisch den Kopf. »Nein, nie im Leben, Mr. Tobin.«

»Hoffentlich behalten Sie recht«, meinte ich.

Wir stiegen in Hulmers Buick. Er wendete und fuhr in Richtung Innenstadt. Als wir an Donlons schwarzem Wagen vorbeikamen, sah ich, daß ein paar Kinder daneben standen und durchs Fenster sahen. Sie unterhielten sich aufgeregt und deuteten ins Wageninnere.

20

Der Raum, in dem Robin eingesperrt war, hatte nur wenig Ähnlichkeit mit einem Krankenzimmer. Zwar enthielt er ein Spitalbett, aber alles andere war wie im Gefängnis: Gitter an den Fenstern, trostlose graue Wände, spärlichste Einrichtung und eine uniformierte Wache vor der Tür. Robins Erscheinung hatte sich der Umgebung angepaßt. Sie war dünner geworden, ihr Gesicht glich einer ausdruckslosen Maske, unter ihren Augen standen große dunkle Ringe. Ihrer Mutter zuliebe machte sie den rührenden Versuch, lustig und sorglos zu erscheinen. Doch das war nichts als Schauspielerei.

Ich fühlte mich äußerst unbehaglich, als ich beobachten mußte, wie beide einander etwas vormachten. Zunächst hielt ich mich im Hintergrund, damit sie wenigstens ein paar Augenblicke für sich allein hatten. Stumm beobachtete ich, wie Mutter und Tochter sich abmühten, gegen die erdrückende Verzweiflung anzukämpfen.

Rita Gibson, vielmehr Rita Kenelly, war für mich eine völlig Fremde. Nichts in ihrem ältlichen Gesicht rief die leisesten Jugenderinnerungen in mir wach. Sie trug ein recht gewöhnliches Konfektionskleid, für das Wetter viel zu warm. Das verstärkte noch den Eindruck des Unbehagens, den die gequälte Unterhaltung mit ihrer Tochter ausstrahlte.

Unten am Empfang hat Rita Kenelly mich sofort erkannt. Sie hatte krampfhaft versucht, sich mit mir über alltägliche Themen zu unterhalten, über das Wetter, die U-Bahn und wer weiß was. Schließlich hatte ich ihr erklärt: »Laß nur, wir brauchen nicht zu reden.« Sie hatte mich zuerst erstaunt, dann dankbar angesehen. »Lieb von dir«, meinte sie.

Zu Robin zu gelangen, war gar nicht so einfach gewesen. Als wir aus dem Fahrstuhl traten, hielt uns ein Polizist an. Er kontrollierte unsere Papiere, fragte uns gründlich aus und wollte zunächst Schwierigkeiten machen, weil ich dabei war. Mrs. Kenelly überzeugte ihn schließlich, daß ich mit Robin verwandt war. Bevor wir endlich weiter durften, wurden wir noch mit höchst offiziellen Passierscheinen ausgerüstet.

Während wir durch den langen Flur gingen, wandte sich Mrs. Kenelly – diese Frau war für mich einfach nicht mehr die alte Rita – beinahe schüchtern an mich. »Ich weiß, Mitch, daß du in der letzten Zeit selber deine Sorgen gehabt hast. Ich kann es dir auch gut nachfühlen, daß du mit der Angelegenheit am liebsten nichts zu tun haben willst. Es tut mir wirklich leid, daß ich neulich zu dir kam und versuchte, dich in die Sache mit hineinzuziehen.«

»Damals«, entgegnete ich ziemlich lahm, »war ich der festen Überzeugung, euch nicht helfen zu können. Ich bin mir da jetzt noch immer nicht so sicher.«

»Ich bete«, stellte sie schlicht fest. »Morgens und abends bete ich, daß Gott dich den richtigen Weg finden läßt.«

Das machte mir die Sache nur noch unangenehmer. Aber ich brauchte nicht mehr zu antworten, weil wir an Robins Tür angelangt waren. Die Wache wollte erst unsere Passierscheine sehen. Dann schloß der Mann auf, widerwillig, wie mir schien.

Robin hatte zunächst kaum von mir Notiz genommen. Ich war mir gar nicht mehr sicher, ob sie mich erkannte. Erst als Mrs. Kenelly schließlich sagte: »Mein Kind, hier ist Mitch Tobin, der auch mit dir reden will«, drehte sie sich zu mir um. Sie sah mich ausdruckslos an, mit der stumpfen Geduld eines wohlerzogenen, aber etwas dümmlichen Kindes.

»Wie geht's, Robin?«

»Danke gut«, antwortete sie mechanisch.

Es war auch eine alberne Frage gewesen, aber ich hatte etwas sagen müssen. Im Grunde wußte ich kaum, was ich mit Robin reden sollte. Der Hauptzweck meines Kommens war ja auch bereits erfüllt. Ich hatte mich davon überzeugen wollen, daß Robin hier sicher war. Schließlich schlug der Mörder jetzt wild zu. Wie ein verängstigtes Pferd, das nach allen Seiten auskeilt. Was ihm solche Angst einjagte, wußte ich noch nicht. Aber jeden Augenblick konnte er zu der Auffassung kommen, daß es für ihn ein großer Fehler war, Robin Kenelly am Leben zu lassen. Denn sie war Zeugin seiner Tat, eine Zeugin, deren Einnerungsvermögen womöglich nur vorübergehend blockiert war. Niemand wußte, ob und wann die Schockwirkung nachlassen würde, und was dann geschah. Zwar würde man ihr zunächst kaum glauben, wenn sie plötzlich den wahren Tatablauf zu Protokoll gab, aber immerhin stellte sie für den Mörder ein erhebliches Risiko dar. Und allem Anschein nach war er von Stunde zu Stunde weniger geneigt, Risiken auf sich zu nehmen. Wenn er also auf irgendeine Weise hier hereinkommen und Robin so aus dem Wege räumen konnte, daß es nach Selbstmord oder einem Unglücksfall aussah – um so besser für ihn. Dann endlich konnte er ruhig atmen. Man konnte Robin nicht mehr den Prozeß machen; die Untersuchung der Angelegenheit würde einschlafen.

Deshalb hatte ich selbst überprüfen wollen, ob die Möglichkeit bestand, daß der Mörder ungesehen herein und wieder heraus kam. Dem Augenschein nach war das ziemlich unmöglich. Es gab zu viele Kontroll- und Wachposten.

Es sei denn, natürlich, daß der Killer selbst ein Polizist war. Vielleicht Irene Boles' Polizist, der Mann mit dem Rauschgift, der auf irgendeine bisher unerklärliche Art mit Donlon in Verbindung gestanden hatte.

Aber darüber würde ich mir später noch Gedanken machen müssen. Erst einmal war Robin das Hauptproblem. Da stand sie und beobachtete mich stumm, höflich, geduldig und sehr unbeteiligt. Ich fragte behutsam: »Können wir uns über den fraglichen Tag unterhalten, Robin? Oder regt es dich zu sehr auf?«

Sie schüttelte mit einem dünnen Lächeln den Kopf. »Es kann mich gar nicht aufregen. Ich erinnere mich ja an nichts.«

»Wann hört deine Erinnerung auf? Als du nach oben in den ersten Stock gingst?«

»Nein, ich weiß von dem ganzen Tag nichts.«

»Überhaupt nichts? Auch nicht, daß du mit Terry und George im Wagen gefahren bist?«

»Nein, gar nichts. Man hat es mir hinterher gesagt. Also weiß ich darüber Bescheid. Aber erinnern kann ich mich an nichts.«

»Und nachher? Weißt du noch, daß du mich gesehen hast, als du herunter in die Küche kamst?«

»Wen – Sie, Sir?« Sie sah mich erstaunt an. »Nein, ich weiß von gar nichts, bis ich hier aufwachte. Ich erinnere mich, daß ich am Abend vorher zu Bett gegangen bin und einschlief. Dann wachte ich hier auf.« Sie lächelte ihrer Mutter scheu zu. »Das war vielleicht furchtbar!«

Ich fragte: »Haben sich die Ärzte schon mit dir unterhalten?«

»Meinen Sie die Psychiater? O ja, das haben sie allerdings.« Sie musterte mich wieder prüfend. »Waren Sie denn da? Ich meine, im Ostblick-Café?«

»Ja, ich war da, als du herunterkamst.«

»Aus welchem Grund?«

»Aus welchem Grund ich da war? Du selbst hast mich doch gebeten zu kommen.«

»Wirklich? Habe ich das? Es tut mir leid, aber ich kann mich einfach nicht erinnern. War das an demselben Morgen?«

»Nein, einen Tag vorher. Du bist doch zu uns nach Hause gekommen. Weißt du davon auch nichts mehr?«

»Zu welchem Haus? Zu meinem Haus?«

Ihre Mutter war sichtlich nervös geworden. Jetzt unterbrach sie uns. »Robin, mein liebes Kind, bist du etwa müde? Möchtest du dich vielleicht ausruhen? Wir können ein andermal ...«

»Nein, wirklich nicht«, fiel Robin ein. »Ich möchte jetzt gern alles erfahren.« Sie sah mich an. »Nehmen Sie es mir nicht übel, aber ich weiß gar nicht recht, wer Sie sind. Sie kommen mir zwar bekannt vor, aber ich kann mich nicht daran erinnern, Sie jemals gesehen zu haben.«

Mrs. Kenelly konnte nicht mehr an sich halten. Ihre Stimme klang schrill, sie war offensichtlich einer Panik nahe. »Aber er ist doch dein Vetter, Liebes. Dein Vetter Mitchell Tobin. Du weißt doch, der Mann, der früher bei der Polizei war.«

Ich fiel ein: »Du wolltest doch, daß ich mit Donlon rede.«

»Mit wem?«

Plötzlich lief es mir kalt über den Rücken. »Kannst du dich etwa auch nicht an Donlon erinnern?«

Robin, jetzt völlig verschüchtert, musterte uns abwechselnd. »Mama, was ist mit mir los? Habe ich mein Gedächtnis verloren? Aber ich erinnere mich sonst noch an alles und an jeden. Nur nicht an diesen Tag.«

»Und nicht an mich«, warf ich ein. »Auch an Donlon nicht. Warum ausgerechnet an uns beide nicht? Vielleicht, weil wir beide Polizisten sind?«

»Sind Sie denn ein Polizist?«

»Ich war einer. Sagt dir der Name Irene Boles etwas?«

»Selbstverständlich. Das ist doch das Mädchen, das ich angeblich ermordet habe.«

»Erinnerst du dich, wie Irene Boles aussah?«

Sie schüttelte den Kopf.

Ich fragte eindringlich: »Robin, glaubst du selbst, daß du die beiden umgebracht hast?«

Ihre Augen weiteten sich entsetzt. Plötzlich begann sie zu weinen. Sie schlug die Hände vors Gesicht und taumelte rückwärts, bis sie gegen das Bett stieß. Da ließ sie sich auf die Matratze fallen und wandte das Gesicht ab. Ihr Weinen klang kläglich.

Mrs. Kenelly starrte mich an, halb entsetzt und halb empört. Ich machte eine Handbewegung, die bedeuten sollte, ich wüßte schon, was ich täte. Daraufhin schwieg sie, beobachtete mich aber äußerst mißtrauisch.

Ich wartete geduldig, bis sich Robin ausgeweint hatte. Als ich den Eindruck hatte, daß sie mir wieder zuhören konnte, ging ich zu ihr und setzte mich neben sie. Ich legte ihr beruhigend die Hand auf den Rücken. »Robin, du warst es nicht, soviel weiß ich jetzt sicher.«

Sie hatte jetzt die Hände vom Gesicht genommen, aber sie antwortete mir nicht. Sie hielt den Kopf weiter abgewandt. Aber ich spürte, daß sie mir zuhörte. Darum fuhr ich fort: »Die Polizei weiß das noch nicht. Aber sie wird es bald merken.«

Ihre Stimme klang dünn und verängstigt. »Ich war doch oben.«

»Ja. Und der Mörder hat dich nur am Leben gelassen, weil du einen Schock hattest. Er merkte sofort, daß man dir seine Untat aufbürden würde. Aber mach dir keine Sorgen, wir werden das nicht zulassen.«

Sie murmelte etwas. Ich verstand kein Wort, darum beugte ich mich näher zu ihr. »Wie bitte?«

»Er sagte: ›Mach mich kalt‹.«

»Wer sagte das?«

»Der Mann. Der Rote.«

In diesem Augenblick platzte Mrs. Kenelly dazwischen. »Mitch, laß doch das Kind in Ruhe! Ich wußte ja nicht, daß sie . . .«

Ich machte ihr verzweifelte Gesten, aber es war zu spät. Der entscheidende Moment war vorbei. Robin hatte sich aufgerichtet und sah uns jetzt an. Sie lächelte tapfer. »Tut mir leid«, meinte sie entschuldigend. »Aber manchmal muß ich halt weinen.«

Ich gab noch nicht auf. »Was hat der Rote sonst noch gesagt?«

Sie sah mich völlig verständnislos an. »Was?«

Der Erinnerungsfetzen war verflogen. Viel zu schnell. Wirkte das nicht irgendwie seltsam? Wenn nun die Mutter nicht eingegriffen hätte, wieviel weiter wäre Robin gegangen? Aber das war wohl eine müßige Überlegung.

Ich würde von Robin jetzt nichts mehr erfahren, soviel war sicher. Es sei denn, ich hätte sie ordentlich in die Mangel genommen. Aber eben so sicher war, daß die Mutter das nicht zugelassen hätte. Und es gab für mich nicht die Spur einer Möglichkeit, später allein noch einmal zurückzukommen.

Ich schüttelte resigniert den Kopf und stand auf. »Wir lassen dich jetzt in Ruhe«, sagte ich. »Nur keine Sorge, du wirst hier bald herauskommen. Halt' dich tapfer.«

Sie machte eine verzweifelte Geste. »Manchmal wünsche ich mir nur, es wäre schon alles vorbei.«

»Ich weiß, das wird es auch. Bald.«

»Danke, Sir«, sagte sie, wieder wie ein höfliches Kind.

Ihr heller Augenblick war verstrichen, als hätte es ihn nie gegeben. Sie stand artig vom Bett auf und lächelte mir zu. »Ich weiß nicht, warum Sie sich solche Mühe machen, aber ich danke Ihnen jedenfalls sehr.«

Mrs. Kenelly fiel ein: »Es ist dein Vetter, Robin. Das hab' ich dir doch schon gesagt.«

»Mein Vetter?«

»Mach' dir auch darüber keine Gedanken«, beruhigte ich sie. »Verwandtschaftliche Beziehungen sind sowieso eine äußerst langweilige Angelegenheit. Außerdem stecke ich selbst in der Sache drin. Also helfe ich dir, weil ich damit zugleich mir selbst helfe.«

Das war sogar die reine Wahrheit, aber sie zog es vor, meine Eröffnung nicht zur Kenntnis zu nehmen. Sie bestand vielmehr darauf, mir nochmals feierlich zu danken. Mir wurde die ganze Sache immer unangenehmer. Also sagte ich schnell: »Ich werde euch beide jetzt allein lassen. Damit ihr ungestört seid.«

»Meinetwegen brauchst du aber nicht zu gehen«, unterbrach mich Mrs. Kenelly.

Aber ich hatte genug. Ich ging zur Tür. Plötzlich rannte Robin mir nach, packte meinen Arm, stieß das Gesicht vor und flüsterte mir aufgeregt zu: »Bitte sprechen Sie nicht mit ihm!«

Ich bog den Kopf zurück und sah sie prüfend an. Da stand sie vor mir, hohläugig und verzweifelt, am Ende ihrer Kräfte.

»Mit wem soll ich nicht sprechen?«

»Sie wissen doch, mit wem.« Sie sagte es so leise und eindringlich, als ob überall Lauscher wären.

»Nein, ich weiß es wirklich nicht.«

Sie war plötzlich völlig verändert. »Dann scheren Sie sich doch zum Teufel!« schrie sie mich an. »Es ist mir völlig egal, was Sie tun. Mich geht das ganze ja nichts an!« Sie wandte sich abrupt ab, lief zurück zum Bett, die Mutter ihr nach. Aber unvermittelt drehte sich Robin noch einmal zu mir um und deutete mit dem Finger auf mich: »Sie sind der nächste, das wissen Sie ganz genau.«

»Nein. Jedenfalls nicht, wenn Sie mir helfen.«

»Lassen Sie mich aus dem Spiel«, erwiderte sie wütend. »Ich will da nicht hineingezogen werden. Wenn Sie sich selbst Schwierigkeiten machen wollen, bitte schön.«

Flehend wandte Mrs. Kenelly ein: »Aber Mitch will dir doch nur helfen, Liebling.«

»Dann sag ihm, er soll mich in Frieden lassen.«

Ich machte der Sache ein Ende. »Ich rede später noch einmal mit euch beiden.«

Aber mein Abgang mißglückte ziemlich. Ich mußte nämlich erst klopfen und dann eine Weile warten, bis mir aufgeschlossen wurde. Keiner von uns dreien sprach noch ein Wort.

21

An der nächsten Ecke wartete Hulmer im Wagen auf mich. Er las ein Taschenbuch. Als ich mich neben ihn auf den Sitz fallen ließ, sah er mich an. »Na, was macht sie?«

»Komische Sache. Ihr Gedächtnis ist futsch. Der ganze Tag ist wie ausgewischt. Auch an mich kann sie sich nicht erinnern. Ebensowenig an Donlon. Und wer weiß, was sie sonst noch alles vergessen hat.«

»Also konnte sie Ihnen auch nicht weiterhelfen?«

»Sie hatte nur einen lichten Moment. Da hat sie etwas Eigenartiges von sich gegeben. Ein Mann, sie nannte ihn den Roten, hätte ihr gesagt, sie solle in kalt machen. Jedenfalls habe ich das so verstanden. Vielleicht war es auch anders herum gemeint. Nämlich, daß der Mann ihr drohte, sie kalt zu machen. Das gäbe eher einen Sinn.«

Hulmer war baß erstaunt. »Der Rote? Welcher Rote, um Himmels willen?«

Ich berichtete ihm Wort für Wort, was Robin mir gesagt hatte, dann fragte ich ihn: »Bringt Sie das vielleicht auf eine Idee?«

»Zum Teufel, nein. Warum sollte es auch?«

»Der Rote, das könnte immerhin ein Spitzname für einen aus eurer Meute sein.«

Er schüttelte energisch den Kopf. »Nein, bei uns wird jeder mit seinem richtigen Namen genannt. Übrigens sagten Sie doch, daß der Killer nackt war, als Robin und Terry ihn überraschten, und über und über mit Blut bedeckt. Da wäre die Bezeichnung ›der Rote‹ doch wohl ganz treffend.«

»Ich weiß, daran habe ich selbst schon gedacht. Wahrscheinlich ist das die Erklärung. Aber ich wollte trotzdem mal fragen.«

Er grinste mich entwaffnend an. »Zur Vorsicht sollten Sie auch mal die anderen fragen. Vielleicht bin ich der Rote. Warum eigentlich nicht? Mit einem Lendenschurz und ein paar bunten Kriegsfarben würde ich einen ganz schönen Indianerhäuptling abgeben.«

»Keine Angst, ich frage auch die anderen«, erklärte ich.

Er nickte, sein Grinsen reichte jetzt fast von einem Ohr zum andern. »Wirklich, Mr. Tobin, ich mag Sie gern«, sagte er. »Sie können so herrlich naiv sein. Wissen Sie eigentlich, wie Sie mir vorkommen?«

»Nein, Hulmer, das weiß ich nicht. Wie denn?«

»Sie sind einer, der die Welt angehalten hat, weil er aussteigen wollte. Und jetzt müssen Sie der Welt immer ein Stück hinterher laufen.«

»Ja, das ist gar nicht so dumm, Hulmer. Sie haben eine scharfe Beobachtungsgabe.«

Sein Grinsen war verflogen, er sah jetzt besorgt aus. »Hab ich Sie am Ende beleidigt? Das war nicht meine Absicht.«

»Nein, haben Sie auch nicht. Machen Sie sich nur keine Gedanken.«

Er schüttelte den Kopf und sah mich forschend an. »Mann, ich möchte wirklich wissen, was mit Ihnen eigentlich los ist.«

»Na, dann raten Sie mal schön«, empfahl ich ihm.

Er lachte. »Okay, lassen wir es lieber dabei. Wohin jetzt?«

»Ich möchte mich einmal mit der Schwester von Irene Boles unterhalten. Könnten Sie die Frau anrufen und die Sache in die Wege leiten?«

»Aber klar.«

»Sie heißt Susan.«

»Weiß ich. Susan Thompson. Schließlich hab ich schon mal mit ihr telefoniert, erinnern Sie sich nicht? Sie hat mich doch auf die Spur von Caldwell gesetzt.« Er öffnete die Autotür. »Bin gleich zurück.« Dann verschwand er.

Ich sah ihm nach. Da schlenkerte er über die Straße, der fröhliche Junge, dessen Optimismus und Humor offenbar nicht unterzukriegen waren. Ich konnte nicht anders, ich mußte ihn beneiden, ihn und seine Kumpels. Er hatte schon recht gehabt, vorhin. Hätte ich mich doch nur auch so frei und zuversichtlich in der Welt bewegen können, wie es diese Kinder ganz selbstverständlich taten. Kinder, das waren sie. Kinder, zwar an der Schwelle zum Erwachsenendasein, aber doch glatt und ohne Narben.

Und unter diesen Kindern wütete ein Killer. War es einer von ihnen? Oder war es ein Außenseiter, ein Fremder, der sich wie ein wildes Tier in einer Lämmerherde benahm?

Ich wurde mit diesem Fall einfach nicht fertig. Dergleichen hatte ich auch noch nie erlebt. Für gewöhnlich kann man nach einer gewissen Zeit feinsäuberlich eine Liste der Verdächtigen zusammenstellen, die sich im Lauf der Untersuchung mehr und mehr ausdünnt. Schließlich bleibt dann nur noch einer übrig: der Mörder. Das hier war ganz anders. Es gab keine solche Liste, konnte sie nicht geben. Ich hatte nichts als ein äußerst vages Bild der Person, die ich suchte: nackt, blutbeschmiert und von Mordgier besessen, doch auch wieder kühl berechnend. Und niemand, mit dem ich bisher in Berührung gekommen war, wollte zu diesem Bild passen.

Ursprünglich hatte ich angenommen, der Mörder sei hauptsächlich hinter Terry Wilford hergewesen, und alle anderen Opfer wären sozusagen nur Nebenprodukte. Ich hatte das geglaubt, weil die ersten beiden Morde sich in Wilfords Wohnung ereignet hatten. So kam es, daß ich zuerst alle Energie darauf verwandte, Wilfords Bekanntenkreis auszuleuchten. Aber jetzt beurteilte ich den Fall anders. Der Schlüssel zu allem war Irene Boles. Inwiefern, konnte ich nicht sagen. Ich wußte nur, daß Irene für mich noch eine viel zu unbekannte Größe war.

Fragen über Fragen. Warum sollte jemand darauf ausgewesen sein, ein rauschgiftsüchtiges Strichmädchen zu ermorden? War sie am Ende eine Erpresserin gewesen? Wollte sie den Polizisten erpressen, der ihr den Koks verschaffte? War dieser Polizist der Mörder? Oder war es ein anderer unter ihren Bekannten und Kunden?

Aber warum dann der Mord an George Padbury. Wenn der Mörder es auf Irene Boles abgesehen und mit dem Ostblick-Café ursprünglich gar nichts zu tun hatte, was konnte George Padbury dann über die Sache gewußt haben? Und wie war der Mörder überhaupt in das Ostblick-Cafê gekommen? Und, wichtiger, wie wieder heraus?

Die fehlende Antwort darauf, das war die eigentliche Hürde. Wußte ich erst, wie der Mörder aus dem Ostblick-Café herausgekommen war, wußte ich höchstwahrscheinlich auch, um wen es sich handelte.

Donlon hatte die Antwort auf all die Fragen gekannt, davon war ich jetzt überzeugt. Irenes Gönner, das war entweder Donlon selbst gewesen oder jemand, den er kannte. Und weil er Bescheid wußte, hatte er sterben müssen. Sein Wissen war dem Mörder zu gefährlich geworden.

Als die Wagentür aufging, fuhr ich erschreckt zusammen. »Mann«, rief Hulmer, »Sie waren ja ganz woanders. Mindestens hunderttausend Kilometer weit weg.«

»Ich habe nachgedacht. Geht die Sache klar?«

»Ja. Wir sollen gleich kommen.«

»Um so besser.«

Hulmer ließ den Motor an.

22

Susan Thompson, eine schmucke drahtige Person, öffnete die Tür. Aus der Wohnung schlug uns ein Höllenlärm entgegen. Es klang, als versuchten mehrere hundert Musiker, sich mit ihren Instrumenten an Lautstärke zu überbieten. Susan grinste uns entschuldigend an und sagte etwas, von dem wir kein Wort verstanden. Da winkte sie uns, wir sollten ihr folgen. In ihrem Kielwasser kamen wir am Wohnzimmer vorbei, dessen Tür offenstand. Ich riskierte einen Blick und sah fünf oder sechs halbwüchsige Negerjungen mit großer Hingabe ihre Musikinstrumente bearbeiten: Trommeln, ein Klavier, Gitarren, Saxophone. Das Ergebnis war so gewaltig, daß es mir nur eine Frage von Minuten erschien, bis die Decke herunterkam. Die Boys gingen in ihrer lautstarken Verrichtung ganz auf. Bestimmt träumten sie von millionenschweren Schallplattenverträgen.

Susan Thompson führte uns wohlweislich in die Küche und schloß die Tür. Das schraubte die Lautstärke immerhin in einigermaßen erträgliche Grenzen zurück. Susan sah uns an und zuckte in gespielter Resignation die Schulter. »Diese Burschen! Den ganzen Tag spielen sie. Man hört hier nicht einmal mehr seine eigenen Gedanken.« Sie hatte einen leicht südlichen Akzent. Was sie sagte und tat, war voll guter Laune. »Setzen Sie sich doch, hier an den Tisch«, lud sie Hulmer und mich ein. »Möchten Sie eisgekühlten Tee?«

»Das wäre wirklich wunderbar«, antwortete ich.

Die Küche war klein und ziemlich eng, wie fast überall in Manhattan, aber es herrschte peinliche Ordnung. Wie in einem Unterseeboot. Hulmer und ich setzten uns. Mrs. Thompson bereitete den Tee. Als ich sie so beobachtete, mußte ich an zu Hause denken. Plötzlich sah ich Kate vor mir, wie sie mir das Abendessen machte, wenn ich müde und abgearbeitet von meiner Mauer ins Haus kam.

Und wieder spürte ich den übermächtigen Wunsch, alles stehen und liegen zu lassen und mich zu Hause in meiner Höhle verkriechen zu können. Statt dessen verstrickte ich mich immer mehr in ein mörderisches Netz von Problemen.

Keiner von uns versuchte, eine Unterhaltung in Gang zu bringen, bis der eisgekühlte Tee in großen Gläsern auf dem Tisch stand. Ich probierte, er schmeckte ausgezeichnet. Ich teilte das Mrs. Thompson mit, und sie bedankte sich für das Kompliment. Dann endlich nahm ich einen Anlauf.

»Sie wissen wohl, daß wir mit Ihnen über Irene sprechen wollen?«

»Ja.« Sie sah erst Hulmer an, dann mich. »Es hört sich sicher furchtbar gemein an, aber ich glaube, es ist ein Segen.«

»Was?«

»Daß Irene tot ist. Ich weiß, das klingt furchtbar, aber trotzdem ist es wahr. Das Leben, das sie führen mußte – nein, es ist gut, daß alles vorüber ist. Jetzt hat sie ausgelitten.«

Eine Weile herrschte Schweigen, dann sagte ich: »Mrs. Thompson, Sie und Ihre Schwester haben wahrscheinlich sehr wenig gemein gehabt.«

Sie lächelte traurig. »Stimmt, viel war es nicht. Wir sahen uns etwas ähnlich, ich war schon immer dünner als Irene. Aber ich hatte Glück, im Gegensatz zu ihr. Ich bin an einen guten Mann geraten, Irene nicht. Sehen Sie, Mr. Tobin, so einfach sind die Unterschiede im Leben.«

»Nein, das glaube ich nicht. Entschuldigen Sie, wenn ich Ihnen widerspreche, aber ich glaube, die Ursachen liegen tiefer. Es muß von Anfang an etwas in Ihnen gewesen sein, das Sie zu diesem guten Mann finden ließ, und ihn zu ihnen. Und in Irene war von Anfang an etwas, das sie einem Kerl wie Jim Caldwell in die Arme trieb.«

Ihr Gesicht verriet Abscheu. »Haben Sie diesen widerlichen Burschen kennengelernt?«

»Ja. Heute.«

»Na und? Gefiel er Ihnen?«

Ich schüttelte den Kopf. »Nein.«

»Irene war ihm völlig verfallen«, erinnerte sie sich. »Ich habe sie immer wieder gefragt, was sie eigentlich in dem Mann sah. Aber sie wußte nie etwas darauf zu erwidern, als daß sie eben ihm gehörte. *Ihm gehörte!*« Susan Thompson schnaubte verächtlich. »Ihm gehörten auch drei oder vier andere Mädchen, die ihm noch die Butter aufs Brot schmierten.«

Ich fiel ein: »Gab es noch andere Männer in Irenes Leben?«

»Männer? Es gab überhaupt keine Männer in ihrem Leben, Mr. Tobin. Caldwell, den kann man doch kaum als Mann bezeichnen. Aber außer ihm und der Spritze gab es für Irene rein gar nichts. Ich selbst spielte bei ihr allenfalls eine Nebenrolle.«

»Hatte sie denn keine Freundinnen?«

»Nein, dazu kam sie überhaupt nicht. Sie arbeitete, sofern man das Arbeit nennen kann, und stopfte sich bis obenhin voll Rauschgift. Nein, sie hat überhaupt nicht richtig gelebt.«

»Hatte sie regelmäßige Kunden? Sprach sie darüber mit Ihnen?«

Sie schüttelte den Kopf. »Von diesen Dingen mochte ich nichts hören. Einmal, da wollte sie mir von einem Polizisten erzählen, der ihr Rauschgift besorgte, aber ich weigerte mich zuzuhören. Ich sagte ihr, den Dreck solle sie draußen vor der Tür lassen. Sie könne gern zu mir kommen, aber der ganze Schmutz müsse draußen bleiben. Einmal, da schleppte sie Jim Caldwell hier an. Na schön, ich war höflich, ich bin nicht gern grob zu den Leuten. Aber das nächstemal hab ich ihr gesagt, daß ich diesen Mann hier nicht mehr sehen wollte. Und daran hat sie sich dann auch gehalten. Nein, zwischen Jim Caldwell und mir gibt es keinerlei Sympathien. Das weiß der Kerl genau, und ich versuche auch gar nicht, es ihm zu verbergen.«

»Aber so viel ich höre, war er doch hier, als Irene umgebracht wurde.«

»Ja, daran konnte ich nichts ändern. Er kam einfach an, weil er dachte, sie wäre bei mir. Ich war genauso besorgt wie er, und um ihn rauszuschmeißen, hätte ich die Polizei holen müssen. Also ließ ich ihn halt bleiben. Dann kam die Polizei von selbst und teilte mir mit, daß Irene tot war. Da mußte ich dem Burschen sogar noch ein Alibi liefern.«

»Man könnte beinahe denken, er hätte es sorgfältig so geplant.«

Sie überlegte gründlich, ehe sie mir antwortete. »Nein, das glaube ich nicht. Er war nämlich fuchsteufelswild und erzählte stundenlang, was er alles mit ihr anstellen würde, wenn sie wieder auftauchte. Ich glaube nicht, daß er da eine Schau abzog. Das ist nicht seine Art.«

»Ich denke, Sie haben recht«, gab ich zu. »Ich weiß auch nicht, wonach ich Sie sonst noch fragen könnte. Irene hatte weder Freunde noch Feinde. Sie hatte außer Caldwell nur ihr Rauschgift, und manchmal kam sie zu Ihnen. Das war alles. Und irgend jemand hat sie ermordet. Ich kann einfach nicht herausfinden, wer das war.«

»Wissen Sie...« Sie zögerte. »Mr. Tobin, es ist mir unangenehm, das zu sagen, aber könnte es nicht doch Ihre Cousine gewesen sein?«

»Nein. Seitdem sind zu viele Dinge passiert, die in andere Richtungen deuten.« Ich trank einen Schluck Tee, bevor ich fortfuhr. »Die Lösung liegt irgendwo bei Ihrer Schwester. Es muß da jemanden in ihrem Leben gegeben haben. Irgend jemanden, irgendwo. Ein alter Freund aus der Schulzeit, ein früherer Geliebter, ich weiß es selbst nicht. War Irene jemals verheiratet?«

»Nein, sie war schon mit fünfzehn Jahren rauschgiftsüchtig, und schon damals ging sie auf den Strich.« Sie stockte wieder. »Wissen Sie, ich rede nicht gern darüber, weil ich mich selbst mitverantwortlich fühle. Aber das war so: Irene war das Nesthäkchen. Als sie geboren wurde, war ich schon zehn Jahre, und es sah immer so aus, als ob sie mir hoffnungslos hinterherrannte. Noch dazu hat meine Mama mich ihr immer als Vorbild hingehalten. Als ein Vorbild, das sie doch nie erreichen würde. Natürlich war ich damals unheimlich stolz darauf und habe nichts dagegen unternommen. Im Gegenteil, ich gab furchtbar an, war die Hochmut in Person. Manchmal muß ich denken, wenn ich als Kind etwas netter zu Irene gewesen wäre, hätte das alles nicht zu passieren brauchen.« Sie schüttelte traurig den Kopf und griff nach ihrem

Teeglas. »Aber trotzdem, Mutter hätte es auch nicht soweit kommen lassen dürfen.«

»Es ist nicht immer leicht für Eltern, das Richtige vom Falschen zu unterscheiden«, gab ich weise zu bedenken und trank meinen Tee aus. »Na schön, Mrs. Thompson. Vielen Dank für Ihr Entgegenkommen.«

»Keine Ursache, wirklich nicht. Wenn ich Ihnen noch irgendwie helfen kann, rufen Sie mich nur an. Wenn Sie Irenes Mörder finden könnten, wäre das für mich eine große Genugtuung. Ich bin immer noch der Meinung, daß der Tod für sie ein Segen ist, aber sie so tierisch abzuschlachten – wer das auch getan hat, er darf nicht davonkommen.«

»Das wird er auch nicht, hoffentlich. Könnte ich vielleicht kurz Ihr Telefon benutzen?«

»Aber selbstverständlich. Gleich dort an der Wand. Ich würde Ihnen gern den Apparat im Wohnzimmer zur Verfügung stellen, aber Sie hören ja selbst, was da los ist.«

»Danke, hier geht es ausgezeichnet.« Ich erhob mich.

»Ich lasse Sie allein«, sagte Susan Thompson und stand auf.

»Nein, bleiben Sie nur hier. Ich rufe nur kurz zu Hause an.«

»Ich wollte sowieso mal ein ernstes Wort mit den Boys reden. Irgendwann müssen sie ja mal mit dem Krach aufhören.« Sie eilte aus der Küche und zog die Tür hinter sich zu.

Ich sah Hulmer an. »Na, was halten Sie von der Sache?«

Er schien überrascht. »Bezweifeln Sie etwa, daß sie die Wahrheit gesagt hat?«

»Nein, natürlich nicht. Sie hat die Wahrheit gesagt, soweit sie die Wahrheit wußte. Die Frage ist nur, wieviel weiß sie?«

»Woher soll gerade ich das wissen?«

»Machen Sie sich nichts daraus, Hulmer. Ich halte nur Selbstgespräche.« Ich drehte mich um und rief zu Hause an, ob sich einer meiner Bekannten von der Polizei gemeldet hatte, wegen einer möglichen Verbindung zwischen Terry Wilford und Irene Boles. Überhaupt interessierte mich, ob jemand angerufen hatte, denn wenn sich nichts Neues ergab, würde ich anschließend nach Hause gehen und die Sache erst einmal überschlafen. Morgen konnte ich dann einen neuen Anfang suchen.

Hinter mir erklang Hulmers Stimme. »Ich schätze, sie hat ihre Schwester recht gut gekannt.«

»Ja, das glaube ich auch. Und das macht die Sache nur noch schwieriger.«

In diesem Augenblick meldete sich Kate. Ich fragte sie: »Hat jemand für mich angerufen?«

»Mitch!« Ihre Stimme klang seltsam. »Hier sind zwei ...«

»Was?«

Plötzlich sprach eine neue Stimme. »Tobin?« Das war ein Mann.

»Wer spricht da?«

»Detektiv Wagner. Von wo aus rufen Sie an?«

»Ich bin in Manhattan. Was ist los?«

»Captain Driscoll möchte mit Ihnen reden.«

»Driscoll? Weswegen?«

»Keine Ahnung. Geben Sie mir die Adresse, wo Sie sich gerade befinden. Ich schicke einen Streifenwagen.«

»Nicht nötig. Ich kann selbst hinkommen. Wo ist er, wieder draußen in Queens?«

»Nein, in unserem Revier. Dem 27.«

»Okay.«

Ich sah auf die Uhr, es war fast halb sechs. »Ich brauche eine Weile, bis ich da bin. Jetzt ist dickster Berufsverkehr, und ich befinde mich gerade in Harlem. Aber ich breche gleich auf.«

»Ich sage dem Captain Bescheid«, antwortete er.

»Lassen Sie mich bitte noch einmal mit meiner Frau sprechen.«

»Aber selbstverständlich.«

Als nächstes wieder Kates Stimme. »Mitch, stimmt irgendwas nicht?«

»Weiß nicht, Kate. Ich fahre zu Driscoll und höre, was er will, dann rufe ich dich wieder an.«

»Mitch, da ist noch was. Rita Kenelly hat angerufen, sie lassen Robin frei.«

»*Was* tun sie?«

»Sie lassen Robin frei. Rita sagte, fünf Minuten, nachdem du gegangen warst, sei ein Polizist hereingekommen und hätte gesagt, Robin müsse nicht länger in Haft bleiben. In einer Stunde oder so kämen die Entlassungspapiere. Dann kann sie gehen, wohin sie will. Ritas Eltern wollen sie in ein Privatkrankenhaus verlegen lassen.«

Irgend etwas war geschehen, soviel war mir klar. Aber ich

wußte nicht, was. Und ich wußte nicht, ob die Sache damit zusammenhing, daß Driscoll mich sprechen wollte. »Dann beeil' ich mich mal lieber, Kate. Ich rufe dich sofort an, wenn ich weiß, was los ist.«

Ich legte auf. Zu Hulmer sagte ich: »Könnten Sie mich wieder nach Greenwich Village fahren?«

»Aber klar.« Er stand sofort auf. »Sie sehen aus, als sei was passiert.«

»Das ist es anscheinend auch.«

23

Einen Häuserblock vom Revier entfernt hielt Hulmer und sagte, er wollte hier auf mich warten. »Das brauchen Sie wirklich nicht«, redete ich ihm zu. »Ich weiß nicht, wie lange es dauert, und von hier aus fahre ich dann sofort nach Hause. Ich wohne ganz draußen in Queens, wie Sie wissen.«

»Macht nichts. Ich hab sowieso nichts vor.«

»Und was ist mit dem Ostblick-Café? Dort wartet doch Arbeit auf Sie.«

»Das lassen wir ruhig Vicky machen, die kann sich ein bißchen Speck abrackern. Wirklich, Mr. Tobin, ich möchte lieber in der Nähe bleiben. Ich beobachte Sie gern bei der Arbeit.«

»Was? Ich dachte eigentlich nicht, daß ich mich in den letzten beiden Tagen sehr nützlich gemacht hätte.«

»Na hören Sie, Sie stellen Ihr Licht aber unter den Scheffel.«

»Sonst pustet es mir noch jemand aus.«

Er lachte. »Auf jeden Fall bleibe ich da. Zum Teufel auch, wo sie Robin jetzt laufen lassen, wer weiß, vielleicht ist der wirkliche Kerl gefaßt. Und das möchte ich doch nicht verpassen.«

»Na gut. Vielen Dank.«

»Keine Ursache.«

Ich stieg aus und ging das kurze Stück zu Fuß. Das 27. Revier lag in einem vierstöckigen Haus aus dunkelrotem Backstein. Es ähnelte sehr dem Gebäude, in dem ich die letzten sieben Jahre meiner Dienstzeit verbracht hatte. Als ich nun auf den Eingang zuging, kam es mir vor, als wäre ich immer noch Polizist. Nichts war geschehen, Jock Sheehan, mein Partner lebte noch, niemand wußte von meinem heimlichen Doppelleben mit Linda Campbell, kurz, alles war beim alten.

Aber das war ein Trugschluß. Ich merkte es spätestens, als ich mich unten beim Sergeant vom Dienst meldete und darum bat, zu Captain Driscoll geführt zu werden. Der Sergeant telefonierte und forderte mich dann auf, Platz zu nehmen.

Um mich herum herrschte der übliche Betrieb. Zwei Beamte führten einen kleinen Mann in Handschellen herein, seine Rattenaugen huschten ängstlich in die Runde. Aus einer Tür kam ein Uniformierter, der wie ein begossener Pudel anzusehen war. Offensichtlich hatte er von seinem Vorgesetzten gerade eine Zigarre verpaßt bekommen. Schließlich erschienen zwei Polizisten in Zivil, kamen auf mich zu und fragten, ob ich Tobin wäre.

Ich stand auf. »Ja, der bin ich.«

»Hier lang.«

Sie führten mich die Treppe hinauf in einen Verhörraum, ein kahles quadratisches Loch, dessen ganze Einrichtung aus ein paar Stühlen und einem alten Tisch an der Wand bestand. »Warten Sie hier«, sagte der eine kurz, dann verschwanden beide.

Die Sache roch faul. Die beiden hatten mich ziemlich mißtrauisch gemustert, und warum, um alles in der Welt, war ich in einem Verhörraum gebracht worden und nicht in Captain Driscolls Büro? Und warum mußte ich noch einmal warten?

Ich glaubte die Antwort zu kennen. Diese Leute wußten, daß ich ein Ex-Cop war, der wie ein reudiger Hund aus dem Dienst gefeuert worden war, weil ihn die Verantwortung für den Tod seines Kollegen traf. Auf eines konnte ich mich verlassen: Hier in diesem Haus würde ich keine Freunde finden.

Ich tigerte in dem kleinen Raum auf und ab, ruhelos und unbehaglich. Wenn doch nur alles endlich vorbei gewesen wäre! Robin war jetzt frei, und das hieß, die Polizei hatte an ihrer Stelle einen anderen Verdächtigen.

Etwa mich?

Ich blieb wie angewurzelt stehen. Hielten sie mich für den Mörder? Hatte ich deshalb zum Revier kommen sollen? Vieles sprach dafür, nicht zuletzt der Verhörraum.

Dieses Mal mußte ich gut eine Viertelstunde warten. Als schließlich die Tür aufging, kamen sie gleich zu fünft. Da wußte ich, daß ich richtig geraten hatte.

»Mir wurde gesagt, daß Captain Driscoll mich sehen wollte«, empfing ich sie. Aber mir war bereits klar, daß ich den Captain nicht zu Gesicht bekommen würde.

»Später«, meinte einer von ihnen. »Erst einmal wollen *wir* uns unterhalten.«

»Setzen Sie sich, Tobin«, forderte mich ein zweiter auf. »Es dauert nicht lange.«

24

Es dauerte wirklich nicht lange, nachdem erst einmal das juristische Vorgeplänkel erledigt war. Vor noch gar nicht langer Zeit hätte ich mich auf eine Fünfzehn-Stunden-Sitzung gefaßt machen müssen, bei der sich die verhörenden Detektive in Schichten abgelöst hätten. Aber das ist vorbei; die Polizei muß sich heute strikt an die Regeln halten. Und dazu gehört, daß Leute – wie in diesem Fall ich – einen gewissen Schutz genießen, solange sie nicht vor Gericht des ihnen zur Last gelegten Verbrechens überführt sind.

Sie nahmen es auch peinlich genau damit, mich über meine Rechte zu belehren. Man riet mir, sofort meinen Anwalt anzurufen. Als ich das ablehnte, wandte sich der Hauptsprecher ironisch an seine Kollegen. »Früher versuchten sich die Burschen noch vor der Verhandlung aus der Schlinge zu ziehen. Heute ist das Gnadengesuch alles, woran sie denken.«

Der Mann, der mich über meine Rechtsmittel aufgeklärt hatte, ließ nicht locker. »Es wäre wirklich besser, Mr. Tobin, wenn Sie sich mit Ihrem Anwalt in Verbindung setzen würden. Sie scheinen noch gar nicht zu wissen, daß Sie in ernsthaften Schwierigkeiten sind.«

»Ich denke nicht, daß ich das bin«, gab ich zurück.

»Glauben Sie etwa, wir sind nur zum Spaß hier?« kam es aus einer anderen Ecke.

»Ich glaube, daß wir alle hier sind, weil die Polizei wieder einmal einem Phantom nachjagt. Es kommt doch nicht darauf an, was ich hier sage oder nicht sage; es wird Ihre Ansicht über den Fall doch nicht ändern. Und meinen Anwalt brauche ich nicht zu rufen, weil ich sowieso nichts Schlimmeres zu erwarten habe als ein paar Stunden in einer Zelle. Ich bin sogar bereit, Ihnen den Gefallen zu tun und alles zu gestehen, was Sie wollen. Irgendwann werden Sie doch auf die Fakten stoßen und merken, wie Sie sich durch Ihre Vorurteile gegen einen Ex-Cop irreleiten ließen. Meinetwegen können wir dann das Protokoll dieser Sitzung zerreißen und alles vergessen.«

»Sie scheinen Ihrer Sache sehr sicher zu sein, Tobin«, sagte wieder der Hauptsprecher.

»Ja, denn ich bin unschuldig.«

»So, sind Sie das? Soll ich Ihnen mal sagen, wie die Sache für uns aussieht, Tobin?« Plötzlich keine Spur mehr von ›Mister‹. Die Leute gingen streng nach der Verhördoktrin vor, und jede Höflichkeit war zu Ende, sobald die juristische Belehrung abgeschlossen war.

»Na schön«, erwiderte ich müde. »Ich würde gern hören, wie die Sache für Sie aussieht.«

»Okay.« Er zog sich einen Stuhl heran und setzte sich. Die anderen standen immer noch im Raum verteilt, wie übergroße Schachfiguren. Alle beobachteten mich argwöhnisch.

Der Sprecher legte los. »Sie kamen letzten Sonntag zum Ostblick-Café. George Padbury öffnete und sagte Ihnen, Ihre Cousine wäre oben. Sie gingen hinauf, und dort fanden Sie Ihre Cousine bei einer perversen Sex-Orgie mit Terry Wilford und Irene Boles. Ihre eigenen sexuellen Probleme sind ja schließlich aktenkundig, und ...«

»Welche Probleme?« unterbrach ich ihn.

»Machen Sie uns doch nichts vor! Wir wissen, warum Sie nicht mehr bei der Polizei sind.«

»Aber ich wußte bisher nicht, daß Ehebruch eine Perversität ist«, antwortete ich.

Er schüttelte den Kopf. »Ich habe Ihnen ja auch keine Perversität vorgeworfen. Ich sagte nur, Ihre sexuellen Probleme wären aktenkundig. Schließlich läßt nicht jeder Polizist einer billigen Liebschaft wegen seine Pflicht im Stich.«

Ich schloß die Augen. »Okay, okay.«

Er fuhr fort: »Sie überraschten also die drei bei ihrer Orgie und drehten durch. Sie ermordeten die anderen beiden, konnten sich aber nicht dazu überwinden, auch Ihre Cousine zu töten. Das Mädchen stand da im Schock, völlig verstört, schließlich war ihr eigener Vetter vor ihren Augen zu einem blutrünstigen Mörder geworden. Und Sie erkannten sofort, daß Ihre Cousine unfähig sein würde, Sie als den Täter zu identifizieren. Deshalb nahmen Sie das Risiko auf sich, das Mädchen am Leben zu lassen. Aber George Padbury wußte die Wahrheit. Sie drohten ihm und schüchterten ihn so ein, daß er zunächst Ihre Version des Tathergangs unterstützte. Aber Sie hatten Angst, daß er nicht bei der Stange blieb. Deshalb brachten Sie ihn um. Und dann zogen Sie die große Schau ab, von wegen Mörder suchen. Dafür hatten Sie zwei Gründe. Erstens wollten Sie den Verdacht von sich selbst ablenken; und dann hofften Sie aber auch, im Verlauf Ihrer sogenannten Ermittlungen den passenden Mörder zu finden, den Sie uns statt Ihrer Cousine in den Rachen schmeißen konnten. Detektiv Donlon ist Ihnen aber irgendwie auf die Spur gekommen, deshalb mußten Sie auch ihn ermorden. Man hat Sie in der Nähe seines Wagens beobachtet.«

Einer der anderen fiel grimmig ein: »Und für diesen Mord lassen wir Sie braten, Tobin. Das war Ihr größter Fehler.«

Der erste sagte: »Richtig, diesen Mord werden wir Ihnen vor Gericht zur Last legen. Denn in New York, das wissen Sie ganz genau, gibt es im allgemeinen keine Todesstrafe mehr. Ausnahme ist Mord an einem Polizisten. Ein Cop-Killer kommt auch in New York auf den elektrischen Stuhl.«

Im Raum lastete ominöses Schweigen. Als ich schließlich die Augen öffnete, starrten sie mich alle an. Aber ich sagte nur: »Einzelheiten.«

»*Was* wollen Sie?«

»Ihre Version steckt voller Löcher«, erläuterte ich. »Die müssen Sie erst mal stopfen.«

»Dann zeigen Sie uns diese Löcher doch«, höhnte der Sprecher.

»Na schön. Da wäre zunächst diese ›Orgie‹. Aus dem Umstand, daß ein junger Mensch in Greenwich Village lebt, kann man noch nicht schließen, daß er Orgien veranstaltet. Wenn Sie beweisen wollen, daß Terry Wilford oder Robin Kenelly solche Dinge zu tun pflegten, werden Sie doch ganz schön ins Schwitzen kommen.«

»Das können wir getrost der Jury überlassen«, lautete die selbstsichere Antwort.

»Haben Sie schon einmal eine normal zusammengesetzte Jury beobachtet?« erkundigte sich einer der anderen.

»Sie haben es doch eben selbst gesagt: Greenwich Village. Mehr Beweise brauchen wir für die Jury nicht.«

Wahrscheinlich hatte er da recht. Ich zählte den nächsten Punkt auf: »Und dann das Blut.«

»Das Blut? Was soll das nun wieder?«

»Wer Wilford und Irene Boles auch ermordet hat – diese Person müßte über und über mit Blut beschmiert sein. Es ging gar nicht anders. Und wo war bei mir Blut? Die Polizei war doch sofort zur Stelle – na und? Knapp eine halbe Stunde nach der Tat wimmelte die Bude von Polizisten. Und wenn dieser Mord ein spontanes Verbrechen war, wie Sie das auslegen, dann hatte ich selbstverständlich keine Ersatzkleidung bei mir. Also, wo war das Blut?«

»Das haben Sie abgewaschen«, sagte der Hauptsprecher. »Sie haben die Dusche benutzt, das Blut von sich und Ihren Kleidern abgespült und kamen sauber nach unten. Dummerweise haben Sie Spuren im Bad hinterlassen. Und außerdem das hier.«

Er streckte die Hand aus und zeigte ein Bündel her. Es war Hulmers Schlafwagenhandtuch, weiß mit grünem Streifen und häßlichen rostbraunen Flecken. »Da, das haben wir gefunden. Sie haben es nicht gut genug versteckt.«

Ich ignorierte diese Einlage fürs erste. »Also bin ich in klatschnassen Kleidern rumgelaufen, und das soll niemandem aufgefallen sein?«

»Mensch, Tobin«, antwortete der Detektiv nachsichtig. »Jeder in der Stadt läuft seit Wochen mit klatschnassen Kleidern herum. Wer soll denn da noch erkennen, ob ein Hemd schweißnaß ist oder ob es gerade ausgewaschen wurde? Nein, mit der Geschichte von dem Blut ist kein Staat zu machen.«

»Und was war mit George Padbury? Er und ich waren schließlich mit mehreren Polizisten zusammen in einem Raum. Warum hat er mich dann nicht einfach verpfiffen?«

»Sie hatten ihn zu sehr eingeschüchtert.«

»Eingeschüchtert? Mitten in einer Meute von Polizei.«

Ein anderer fiel ein: »Sie haben ihm gedroht, ihn mit in die Sache hineinzureißen. Am Ende wäre dann er der Verdächtige gewesen.«

»Vielleicht haben Sie ihm auch gedroht«, erklärte ein dritter, »daß Sie immer noch Freunde bei der Polizei hätten; deshalb solle er lieber keinen Stunk machen.«

Ich fragte: »Glauben Sie etwa selbst an diesen ganzen Mist?«

»Ja, wir glauben, was wir sagen. Jedes Wort.« Das war wieder der Hauptsprecher. »Na, haben Sie noch mehr Löcher, die wir stopfen sollen?«

»An Donlons Wagen kam ich erst, als er schon tot war. Wenn Sie den Bericht über die Todeszeit vorliegen haben, dann können Sie mir ja Bescheid sagen. Ich beweise Ihnen dann, wo und in wessen Gegenwart ich mich zur fraglichen Zeit aufgehalten habe.«

»Also geben Sie zu, an seinem Wagen gewesen zu sein?«

»Ja.«

»Und Sie wußten, daß er tot war?«

»Ich dachte, er schliefe.«

»Ach nee.« Er grinste höhnisch. »Und das sollen wir glauben?«

Ich zuckte gleichgültig die Schultern. »Was wollen Sie denn hören? Soll ich sagen, ich wußte, daß er tot war, habe es aber nicht für nötig befunden, seinen Tod zu melden? Das würde ich nicht einmal sagen, wenn es wahr wäre.« Ich streckte ihm die Hände entgegen. »Es gibt einen viel schnelleren Weg, alles zu klären. Unterziehen Sie mich dem Paraffintest, dann wissen Sie, ob ich in letzter Zeit einen Revolver abgefeuert habe oder nicht.«

Der Hauptsprecher hätte beinahe gekichert. »Die Gummihandschuhe müssen Ihnen an diesem Tag wohl ziemlich heiß vorgekommen sein, wie?«

Einer der anderen Detektive meinte: »Wir dachten uns schon, daß Sie die Sache als Selbstmord hinstellen wollen. Warum empfehlen Sie uns denn eigentlich nicht, den Paraffintest bei Donlon zu machen?«

»Weil Sie das sowieso tun werden«, gab ich zurück.

»Allerdings«, erklärte der Hauptsprecher. »Wir werden alles tun, schön langsam, eins nach dem andern. Wir lassen nichts unberücksichtigt, Tobin. Und wissen Sie, warum nicht? Weil wir wollen, daß Sie schmoren.«

»Sie setzen sich damit ganz schön in die Tinte«, versprach ich. »Wenn das alles vorbei ist, laufen Sie eine Zeitlang mit eingezogenen Ohren herum.«

»Na, mal abwarten. Noch mehr Löcher?«

»Lassen Sie mich nachdenken.«

»Bitte schön, nehmen Sie sich nur Zeit.«

Ich überlegte einen Moment, ob ich ihnen von dem Anschlag auf mein Leben berichten sollte, und von dem Jungen, der an meiner Stelle gestorben war. Aber das hätten sie als Zufall abgetan. Vielleicht versuchten sie sogar, mir diese Sache auch noch in die Schuhe zu schieben. Auf jeden Fall wäre ich in Schwierigkeiten gekommen, weil ich den mit der Untersuchung betrauten Beamten den Zusammenhang mit dem Fall Wilford verschwiegen hatte.

Aber ich kam immer wieder auf die Geschichte zurück. Irgendwie schien mir an diesem Zwischenfall etwas besonders wichtig. Vielleicht war es der Umstand, daß der kleine Junge an meiner Stelle umgekommen war? Nein, nicht an meiner Stelle, sondern überhaupt – daß er sterben mußte.

War er das eigentliche Ziel gewesen? Nein, das Ziel war ich, daran konnte es keinen Zweifel geben. Aber als der Junge starb, hatte die ganze Angelegenheit einen anderen Akzent bekommen. Irgend etwas war von da an anders gelaufen; ein Hebel war ausgelöst worden.

Der Beamte, der vor mir saß, unterbrach mich. »Na, ist Ihnen noch etwas eingefallen?«

Ich zuckte zusammen. In Gedanken war ich weit, weit weg gewesen, hatte den toten Jungen vor mir gesehen. Und hatte wieder einmal versucht zu ergründen, was er in dem ganzen Puzzle-Spiel bedeuten sollte. Jetzt schüttelte ich ungeduldig den Kopf. »Still mal, da ist irgendwas ... lassen Sie mir noch Zeit.«

Einer der anderen – er stand irgendwo an der Wand – machte eine Bemerkung, aber ich hörte nicht zu. Nur um etwas zu sagen, um die Zeit auszufüllen, während ich grübelte, fragte ich: »Wenn Donlon also wußte, daß ich der Mörder war, warum ließ er mich dann nahe genug an sich heran, daß ich ihn umbringen konnte? Und noch dazu mit seinem eigenen Revolver?«

»Er hat Sie unterschätzt. Er dachte, Sie brächten nur gegen Frauen und Kinder etwas zuwege.«

Kinder, Kinder, Kinder ...

»Das hier sind keine Kinder mehr«, antwortete ich halb abwesend. Dabei hatte ich sie vor kurzem doch selbst noch als Kinder klassifiziert. Diese jungen Leute um die Zwanzig, die gerade lernten, wie man mit der Erwachsenenwelt fertig wurde. Aber nein, Kinder im eigentlichen Sinne waren sie natürlich nicht mehr.

Das einzige Kind unter den Opfern des Mörders war der kleine Junge. Der Junge, der an meiner Stelle gestorben war.

»O verdammt!« rief ich.

»Was ist denn nun schon wieder?«

»Ich hab's«, entgegnete ich. »Ich weiß jetzt, was geschehen ist.«

»Dann sagen Sie es uns endlich«, drängte der Beamte vor mir. Aber ich schüttelte den Kopf. »Nein, noch nicht. Nach einer gewissen Zeit werden Sie es selbst herausbekommen. Jetzt wollen Sie mich für den Mord an Donlon einbuchten, also nur zu. Aber wenn Sie dann merken, daß ich es nicht war, will ich mit Captain Driscoll sprechen. Ich rede kein Wort mit einem anderen, nur mit Captain Driscoll. Der Captain soll zu mir in die Zelle kommen, und zwar allein. Niemand darf dabei sein.«

Einer der fünf lachte mir ins Gesicht. »Was ist das nun schon wieder für eine Schau? Wollen Sie etwa da unten mit dem Captain boxen?«

»Nein, ich will ihm sagen, wer der Mörder ist.«

»Mensch, Tobin, was sind Sie für ein Dramatiker! Wir sind höllisch beeindruckt.«

»Schon recht«, winkte ich ab.

Der Mann vor mir fragte: »Und jetzt, sind Sie soweit fertig?«

»Ja. Ich bin fertig.«

Er stand auf. »Dann wollen wir mal ran.«

25

Bis ich in der Zelle endlich meine Ruhe fand, war es elf Uhr geworden. Wenn nichts unvorhergesehenes geschah, würde ich bis morgen mittag in dieser Zelle bleiben und dann ins Stadtgefängnis verfrachtet werden. Das bedeutete rund zwölf Stunden Ruhe, nach der ich mich sehnte.

Ich hatte Kate anrufen dürfen und ihr gesagt, wo ich mich befand und was geschehen war. Ich versicherte ihr, daß alles gut ausgehen würde und ich in ein bis zwei Tagen zurückkäme. Natürlich glaubte sie mir nicht, sie hatte den Verdacht, ich wäre in weitaus größeren Schwierigkeiten. Darum hatte sie darauf bestanden, Frank Kantor anzurufen, den Anwalt, der im Lauf der letzten Jahre die ganzen juristischen Angelegenheiten für mich geregelt hatte. Frank war wenig später aufgetaucht. Er fragte mich nach den Einzelheiten aus, wollte alles wissen, während ich mich nur nach Ruhe sehnte. Ich konnte ihm die gewünschten Auskünfte auch gar nicht geben, da ich nicht sicher war, ob er sie nicht in meinem Interesse an anderer Stelle vortragen würde. So war der Besuch äußerst unangenehm verlaufen. Als er schließlich ging, hatte er eine Sauwut auf mich und war ziemlich beleidigt.

Eine weitere Zwangskonferenz führte mich mit einem jungen Streber von Staatsanwalt zusammen. Für ihn war ich immerhin ein einigermaßen interessanter Zug in seinem Karrierespiel, eine Schachfigur, die möglichst glatt in Richtung auf den elektrischen Stuhl geschoben werden mußte. Wovor er am meisten Angst hatte, war, daß es später Ärger mit der Berufungsinstanz gab. Deshalb unterhielten wir uns lang und breit über meine Rechte, und ich versicherte ihm, daß mir keinerlei Geständnis abgezwungen worden war. Schließlich entließ er mich mit der zufriedenen Miene eines Musterschülers, der die Gewißheit hat, seine Hausaufgabe zur vollsten Zufriedenheit erledigt zu haben.

Zu der juristischen Variante kam die alte, mir nur zu gut bekannte Polizeiroutine. Man nahm meine Fingerabdrücke, fotografierte mich von vorn und im Profil. Ich beantwortete all die üblichen Fragen, und Uniformierte an alten Schreibmaschinen füllten die üblichen Fragebogen aus. Ich lieferte ab: Brieftasche, Schlüsselbund, Uhr, Brille und so weiter. Außerdem wurde ich von Kopf bis Fuß durchsucht.

Ich hatte das alles hundertmal mitgemacht, aber nicht in dieser Rolle. Früher, da hatte ich zu den gelangweilten Detektiven gehört, die den Festgenommenen während der ganzen Prozedur nicht aus den Augen ließen. Früher, da hatte ich als Unbeteiligter beobachten können, wie ein Finger nach dem anderen erst auf die Stempelfarbe, dann auf die Karteikarte gedrückt wurde, hatte die Fotoapparate klicken hören, kurz, aus sicherer Entfernung die vielen kleinen Handlungen wahrgenommen, die einen Menschen in ein registriertes Element verwandeln, ihn seiner Menschlichkeit entkleiden und aus ihm einen Gefangenen machen. Die erschrokkenen und eingeschüchterten Blicke derer, die das zum erstenmal durchstanden, hatten mir dabei immer ein wenig zu schaffen gemacht. Da war mir schon das verbissene Schweigen der alten Kunden lieber gewesen. Jetzt wurde das alles an mir selbst exerziert.

Natürlich, ich war mir darüber im klaren, daß ich hier nicht lange bleiben mußte. Der ganze Kram war ja im Grunde nur Zeitverschwendung; wie hätte ich mich aber gefühlt, wäre ich wirklich schuldig gewesen? Oder wenn ich, obgleich unschuldig, nicht gewußt hätte, wie ich meine Inquisitoren davon überzeugen konnte? Wahrscheinlich weit weniger philosophisch und viel eingeschüchterter. Aber genau konnte ich mir das nicht beantworten.

Die beiden Detektive, die mir während der ganzen Zeremonie nicht von der Seite wichen, trugen ausdruckslose Mienen zur Schau. So hatte ich wohl damals auch ausgesehen; es war unmöglich zu sagen, was die beiden wirklich von mir hielten.

Mitten in der Routine gab es eine Unterbrechung. Ich wurde in einen kleinen Raum mit einem langen Tisch und vielen Holzstühlen geführt und bekam mein Essen vorgesetzt. Das bißchen Fleisch unter der dicken, fettigen Soße war undefinierbar. Es stimmte also wirklich, was mir seinerzeit viele ehemalige Häftlinge berichtet hatten: Der Gefängnisfraß stinkt.

Ich ließ das alles stumm und folgsam über mich ergehen. Zu kämpfen gab es für mich im Augenblick nichts mehr. Ich hatte – zugegeben, unfreiwillig – meine Einsiedlerhöhle verlassen, um ein ganz bestimmtes Ziel zu erreichen. Und dieses Ziel war fast erreicht; mehr konnte ich aus eigener Kraft nicht dazu tun. Jedenfalls nicht, bevor Captain Driscoll zu mir in die Zelle kam. Einstweilen aber verhalf mir die öffentliche Hand zu einer neuen, wenn auch vorübergehenden Zuflucht vor der Welt. Zu einer Zelle ganz für mich allein.

Da lag ich nun auf der Pritsche und starrte die graue Zellenwand an, und zum erstenmal seit vielen Stunden hatte ich Zeit, an meine Mauer dahei zu denken. Ich sah sie vor mir, gerade und solide, ein Stück guter Arbeit. Wenn ich im gleichen Tempo weitermachte, konnten die Fundamente stehen, ehe der erste Frost kam. Und das war gut so. Jedenfalls war mir klar, daß ich das Projekt mit sehr viel Sorgfalt zu Ende führen mußte. Und wenn ich fertig war, dann hatte ich eine starke Festung um mein Leben gezogen. In den Hof kam man dann nur noch durch die Haustür.

Als ich so lag und an meine Mauer dachte, merkte ich plötzlich, daß jemand vor der Zelle stand. Drin bei mir hatte man das Licht ausgeschaltet, aber auf dem Flur war es hell genug, um sowohl draußen als auch drinnen Einzelheiten wahrzunehmen. Ich merkte jedenfalls, daß jemand vor den Gitterstäben stand und mich stumm beobachtete.

Es war Captain Driscoll. Ich stand auf, ging zu ihm ans Gitter und sah ihn prüfend an. Aber aus seinem Gesicht war nichts abzulesen. Er stand nur da und starrte mich an. Schließlich sagte ich: »Na? Wissen Sie jetzt Bescheid?«

»Bescheid? Worüber, Tobin?«

»Dacht' ich mir's doch, daß es nicht so schnell geht«, erwiderte ich. Dann ging ich wieder zu meiner Pritsche und legte mich hin.

Seine Stimme kam von der Zellentür. »Wieso sind Sie Ihrer Sache so sicher, Tobin? Und was soll das heißen, daß Sie keinen außer mir sehen wollen?«

»Ich kann jetzt noch nicht mit Ihnen reden.«

»Warum nicht? Worauf warten Sie eigentlich?«

Ich hatte nicht die Absicht, ihm darauf zu antworten. Darum schloß ich die Augen und versuchte, wieder an meine Mauer zu denken.

»Jetzt bin ich doch hier, Tobin. Sie wollten mit mir reden. Also reden Sie. Was haben Sie mir zu sagen?«

»Nichts.«

»Es ist Ihre einzige Chance.« Seine Stimme klang fast beschwörend. »Ich hätte gar nicht hier herunterkommen sollen. Auf jeden Fall komme ich nicht noch einmal.«

Ich setzte mich auf und sah ihn an. »Doch, Captain, Sie kommen. Ich versuche keine Tricks und will Sie nicht im geringsten über das Ohr hauen. Es gibt wirklich einen Grund, warum ich nicht mit Ihnen reden kann. Der Grund ist, daß Sie mir jetzt nicht glauben würden. Ich müßte dann später noch einmal alles wiederholen. Und es gibt auch einen Grund dafür, daß ich nur mit Ihnen allein reden werde, wenn die Zeit dafür gekommen ist. Sie werden diesen Grund dann wissen, ohne daß ich ihn Ihnen erst sagen muß. Jedenfalls hat es keinen Sinn, daß einer von uns beiden dieser Sache wegen heute nacht aufbleibt. Ich sehe Sie wahrscheinlich morgen wieder, spätestens aber übermorgen. Bis dahin gute Nacht.«

Ich legte mich hin und schloß die Augen.

Ich fühlte, daß er noch da war, bewegungslos, und mich anstarrte. Nach einer Weile hörte ich abermals seine Stimme. »Wenn ich nur wüßte, worauf Sie aus sind! Sie sind schuldig, das möchte ich beschwören. Sie haben Donlon umgebracht, und das heißt, daß Sie auch die anderen Morde auf dem Gewissen haben. Und dafür kommen Sie auf den elektrischen Stuhl.«

Ich verzichtete auf eine Antwort.

Nach einer Weile sagte er: »Wenn diese Schau der erste Schritt sein soll, auf Unzurechnungsfähigkeit zu machen, dann sorge ich dafür, daß Sie damit nicht durchkommen.«

Auch darauf ersparte ich mir die Antwort.

26

Und Captain Driscoll kam wieder, schon am nächsten Morgen um zehn Uhr fünfzehn. Um sieben hatte man mir mein Frühstück gebracht: kalte Kartoffelpuffer und dünnen Kaffee. Seitdem hatte ich still in meiner Zelle gesessen. Tagsüber standen die Gittertüren offen, damit die Häftlinge sich auf dem Flur die Beine vertreten konnten. Doch ich blieb, wo ich war. Ein paar Nachbarn machten den Versuch, mit mir Kontakt aufzunehmen, aber nach einer Weile gaben sie es auf und ließen mich in Ruhe.

Als Captain Driscoll kam, war ich tief in Gedanken versunken. Er stand neben mir und hatte mich angeredet, ehe ich seiner überhaupt gewahr wurde. Erst als er den zweiten Anlauf machte, merkte ich, daß ich Besuch hatte.

Ich sah auf. »Aha. Also haben Sie den Bericht bekommen.«

Es stand ihm nur allzu deutlich im Gesicht geschrieben. Er fragte erstaunt: »Woher wissen Sie das? Daß Sie ihn nicht umgebracht haben, wußten Sie natürlich. Aber all das andere?«

»Gestern nachmittag«, informierte ich ihn, »ließ eine bestimmte Person einen schweren Gegenstand durch ein Treppenhaus hinunter fallen. Das Wurfgeschoß traf einen kleinen Jungen von etwa zehn Jahren. Er wurde getötet. Ich war Zeuge des Vorgangs. Das Gebäude liegt in der Elften, Nähe der Avenue A. Bevor wir unsere Unterredung fortsetzen, möchte ich gern, daß Sie diesen Zwischenfall überprüfen. Am besten lassen Sie sich den Bericht des örtlichen Reviers geben.«

Er betrachtete mich stirnrunzelnd. »Was, zum Teufel, soll denn das schon wieder?«

»Ein weiteres Opfer desselben Killers«, sagte ich. »Und gleichzeitig die Erklärung für alles. Aus diesem Grund möchte ich nicht gern davon reden, bevor Sie die offizielle Version kennen. Nur keine Angst, ich verschwinde nicht. Ich warte hier, bis Sie zurück sind.«

»Sie brauchen nicht mehr hier zu bleiben, wenn Sie nicht wollen«, antwortete er. »Sie sind nicht mehr in Haft.«

»Aber ich würde lieber bleiben, wenn es Ihnen nichts ausmacht. Hier ist es ruhig. In Ihrem Büro, im Bereitschaftsraum oder wo auch immer, sind mir zu viele Leute.«

Er musterte mich von oben bis unten. »Sie sind schon ein komischer Kauz, Tobin. Bei Gott, das sind Sie. Sie wollen also jetzt nicht mit mir reden, wie?«

»Erst, bis Sie über diesen anderen Todesfall Bescheid wissen.«

»Und Sie wollen solange hier bleiben?«

»Wenn man mich läßt.«

Er zuckte die Schultern. »Na gut, ist ja Ihre Sache. Elfte Ost, sagen Sie?«

»Ja.«

»Ich bin bald zurück.«

Aber es dauerte eine Stunde. Die ganze Zeit über bemühte ich mich, meine Mauer zu vergessen und mich auf den Fall zu konzentrieren. Ich hatte ja schließlich eine Menge zu berichten. Und das mußte schon in einem gewissen logischen Zusammenhang geschehen. Auch durfte ich nichts auslassen.

Captain Driscoll sah ziemlich ratlos aus, als er wiederkam. »Der Bericht spricht von einem Unfall«, sagte er. »Schön, ich weiß, daß Sie ein Zeuge des Vorfalls waren. Warum haben Sie es den untersuchenden Beamten nicht gleich gesagt?«

»Was gesagt?«

»Daß das Ganze ein Anschlag auf Ihr Leben war.«

»Ein Anschlag? Von wem? Von dem Mann, der Terry Wilford und Irene Boles umgebracht hatte? Aber um diese Zeit hielten Sie doch noch Robin Kenelly als Täterin fest.«

Er fegte den Einwand mit einer Geste beiseite. »Also schön, Sie hatten sich wieder einmal Ihre eigenen Regeln gemacht. Wollen Sie mir jetzt berichten, was dort wirklich geschah?«

»Die beiden Jungen spielten unten an der Treppe. Ich kam von oben. Sie sahen zu mir hoch, bemerkten das Wurfgeschoß, und ich sah an ihren Gesichtern, daß etwas nicht stimmte. Ich blickte hoch, sprang aus dem Weg, das Geschoß verfehlte mich und tötete statt dessen unten den Jungen. Ich rannte hinauf auf das Dach, aber der Täter war verschwunden.«

»Wer? Das ist doch das Wichtigste. Wer war der Täter?«

»Derselbe, der Donlon umgebracht hat.«

Er sah mich konsterniert an. »Was? Und ich denke, Sie wissen Bescheid? Der Paraffintest verlief positiv. Donlon hat sich tatsächlich selbst umgebracht. Ist das nicht das Ergebnis gewesen, auf das Sie die ganze Zeit gewartet haben?«

»Ist es auch.«

»Aber warum sagen Sie jetzt, der Täter ist derselbe, der Donlon umgebracht hat? Donlon beging Selbstmord!«

»Ich weiß. Er brachte sich selbst um. Und Terry Wilford und Irene Boles. Ebenso George Padbury und schließlich noch den kleinen Jungen in der Elften.«

Captain Driscoll kam zu mir und setzte sich aufs Bett. Seine Stimme war ausdruckslos. »Einzelheiten, bitte.«

»Donlon war süchtig. In unregelmäßigen Abständen schnappte er sich Irene Boles, gab auch ihr Heroin und schleppte sie an einen ausgefallenen Platz, um sich dort mit ihr zu vergnügen. Einmal zum Beispiel war es die Kapitänskajüte auf einem verlassenen Frachter. Meistens waren es die verrücktesten Orte, wahrscheinlich verhalf ihm schon die Szenerie allein zu einem Teil des erhofften Erlebnisses. Irgend jemand von den jungen Leuten im Ostblick-Café hat mir einmal berichtet, daß Donlon sich immer ganz besonders für die alten Räume oben über dem Café interessierte. Er hätte die fixe Idee gehabt, daß da oben Orgien stattfänden.«

»Wo haben Sie das alles her?«

Ich schüttelte den Kopf.

»Na schön. Also weiter.«

Ich kam der Aufforderung nach. »Ich weiß nicht jede Einzelheit, die sich an jenem Morgen da oben abspielte. Aber Donlon muß sich Irene Boles schon sehr früh geschnappt haben. Ich habe keine Ahnung, wo sie zuerst steckten. Jedenfalls landeten sie schließlich im Ostblick-Café. Donlon öffnete die Tür mit einem Dietrich, und die beiden stiegen nach oben. Dort spritzten sie sich voll H, vielleicht hatten sie das auch schon früher getan. Als sie dann *high* waren, hakte es bei einem von den beiden aus. So kam es zum Tod der Frau. Ich würde sagen, die Sache fing bei ihr an. Wahrscheinlich ging sie auf ihn los. Er entwand ihr das Messer und ermordete sie bestialisch.«

Driscoll unterbrach mich. »Der Polizeiarzt hat an Donlons Unterleib eine frische Wunde gefunden. Es stand im Bericht.«

»Sehen Sie. Dann schneiten Terry und Robin herein. Und da stand Donlon nun, blutbeschmiert, das Messer in der Hand, Irene Boles tot zu Füßen. Terry machte eine rasche Bewegung, und Donlon setzte ihm nach. Robin erstarrte zu Stein. Jetzt müssen Sie sich den Rauschzustand vorstellen, in dem Donlon sich befand: völlig durchgedreht, aber gleichzeitig zu fixer Kombination fähig. Das ist nicht selten so.«

Der Captain nickte. »Ich kenne solche Fälle.«

»Donlon merkte also, daß Robin ihm lebend mehr nutzen konnte als tot. Er beschmierte sie mit Blut, drückte ihr das Messer in die Hand und schickte sie dann nach unten. Wahrscheinlich duschte er noch, bevor er sie wegschickte, vielleicht aber auch nachher. An seinen Kleidern war ja kein Blut. Deswegen brauchte er sich also nur anzuziehen, sich in einer dunklen Ecke zu verstecken und dort zu warten, bis das Obergeschoß von Polizisten wimmelte. Dann kam er einfach hervor, mischte sich unter die anderen und war weiter nichts als ein Cop am Tatort. Ich weiß noch: Als George Padbury ihn mir damals zeigte, trat er gerade von der Treppe in die Küche hinein. Wir sahen ihn nicht hereinkommen.«

»Ist das der Grund, warum Padbury ermordet wurde? Weil ihm später aufging, daß Donlon gar nicht hereingekommen war?«

»Ich weiß nicht. George versuchte, mich telefonisch zu erreichen. Das war eine halbe Stunde vor seinem Tod. Ich habe keine Ahnung, was er mir sagen wollte. Jetzt, da Donlon tot ist, werden wir es auch nie mehr erfahren. Jedenfalls erinnerte er sich an einen bestimmten Umstand und wollte ihn mir mitteilen. Donlon verhinderte das. Sicherlich hatte er ihm nachgespürt, so wie er später mich und auch einige der jungen Leute aus dem Ostblick-Café beschattete. Wie ich es sehe, kam er sich bis dahin gar nicht als Mörder vor. Die Sache war ihm einfach passiert. Gut, Irene Boles und Terry Wilford waren tot, aber das war mehr ein verrückter Zufall gewesen. Es war einfach über ihn hereingebrochen, und er konnte daran nichts ändern. So legte er es sich jedenfalls zurecht. Aber dann – dieser rätselhafte Umstand, der ihn zwang, George Padbury zum Schweigen zu bringen. Das war kaltblütiger Mord. Diese Rolle paßte auf Donlon im Grunde aber gar nicht. Sie machte ihn fertig. Als er damals zu mir ins Haus kam, um mich und die jungen Leute einzuschüchtern, benahm er sich ziemlich seltsam. Er wirkte manchmal geradezu unzurechnungsfähig. Im schönsten Nötigungsversuch schlug seine Stimmung plötzlich um, und er begann einen langen Sermon über seine große Liebe zu Kindern und seine Sterilität. Das gab irgendwie keinen Sinn.«

Driscoll unterbrach mich überrascht. »Was, er war steril?«

»Das sagte er mir jedenfalls. Er könnte keine Kinder zeugen. Erst hätte er gedacht, es wäre die Schuld seiner Frau, aber dann hätte der Arzt ihm gesagt, was wirklich los war.«

»Vielleicht hat das den Anstoß gegeben? Ich meine, für die Sache mit der Hure.«

Ich sagte: »Bevor sich das Café dort etablierte, hauste eine kleine religiöse Sekte da. Die jungen Leute wie auch die Sektierer berichteten mir übereinstimmend, daß sie dauernd von Donlon belästigt wurden. Er tauchte immer wieder auf, stöberte überall herum, schnüffelte alles aus und ging den Leuten furchtbar auf die Nerven. Es scheint, er stand unter einer Art Zwang, überall Schmutz und Gestank aufzustöbern und drin rumzuwühlen. Er sehnte sich geradezu danach, wie jemand, der in einem kranken Zahn herumstochert, um sich noch mehr Schmerzen zu bereiten.«

Driscoll nickte. »Und Rauschgiftorgien mit einer Hure, das war wahrscheinlich die schlimmste Art der Selbsterniedrigung, die er sich in seinem Wahn nur ausdenken konnte.«

»Doch die Sache mußte an ungewöhnlichen Orten stattfinden«, ergänzte ich. »Komischerweise war Donlon nämlich trotz allem ein Romantiker. Alles, was er tat, hatte einen romantischen Anhauch.«

Driscoll wandte den Blick ab. »Es war mit ihm nicht ganz richtig gewesen«, sagte er leise. »Schon seit langem nicht mehr. Ich dachte, er hätte Ärger zu Hause. Er war nicht auf Bestechung aus, wissen Sie. Ich glaube es wenigstens nicht. Vielleicht nur zuletzt. Vielleicht war das zum Schluß ein Teil der Selbsterniedrigung, die er suchte. Aber als ich Sie damals wegen Ihrer Aussage verhörte, war es nicht nur mein Bestreben, Unregelmäßigkeiten in meinem Revier zu vertuschen. Zugegeben, dieser Aspekt spielte auch eine Rolle, doch ich machte mir auch Sorgen wegen Donlon und dachte, vielleicht könnten Sie mir einige Fragen in dieser Hinsicht beantworten.«

»Damals kannte ich ihn noch nicht«, antwortete ich. »Nicht, daß ich glaube, ihn später näher kennengelernt zu haben. Vielleicht kann seine Frau Ihnen noch einige Ergänzungen liefern. So wie ich ihn sehe, war er ein enttäuschter Mann, ein verhinderter Romantiker, der die Schuld für seine Fehler und Fehlschläge bei sich selbst suchte. Aber er fand für seine Probleme keine normale Lösung. Als er dann zum Mörder wurde, ursprünglich fast durch Zufall, da brach die dünne Barriere. Dieser Mann hat für sein verpfuschtes Leben eine mühsame, für normale Zeitgenossen kaum verständliche Balance gesucht und gefunden. Als die Waage dann endgültig kippte, war es aus. Er brachte sich um.«

»Also glauben Sie, daß er auf jeden Fall eines Tages Selbstmord verübt hätte?« wollte Driscoll wissen.

»Ganz sicher bin ich da nicht. Wäre er zum Beispiel festgenommen worden, hätte er es wohl versucht. Er war auf jeden Fall der Typ dafür. Ich kenne das aus meiner ...« Abrupt hielt ich inne.

Driscoll sah mich an. »Hören Sie, Tobin, machen sie keinen Krampf daraus. Sie waren mal bei der Polizei, wir beide wissen das. Sie können ruhig darauf Bezug nehmen.«

»Das ist für mich schwierig. Ich würde lieber weiter über Donlon reden. Ich glaube, als die Balance einmal gestört war, geriet er auf eine zwangsläufig vorgeschriebene Bahn. Er brachte George Padbury um und war damit ein bewußter Killer geworden. Und es war schon dieser Killer, der mich ertappte, als ich aus der Hintertür des Sektentempels schlich. Er verfolgte mich und versuchte dann, auch mich zu töten. Aber das Mordinstrument traf statt dessen ein unschuldiges Kind. Kinder aber waren das einzige auf der Welt, was er wirklich von ganzem Herzen liebte. Das hatte er nicht gewollt. Deshalb, glaube ich, fuhr er auch zurück zur Kapelle der Samariter. Er hatte wohl die Absicht, zu den Leuten zu gehen und sich auszusprechen. Aber er schaffte es nicht ganz. Es gab für ihn die Alternativen, sich jemandem zu offenbaren, oder sich das Leben zu nehmen. Er wählte schließlich das letztere.«

Captain Driscoll nickte wieder. »Ja, das gibt Sinn. Und ich

verstehe jetzt auch, warum Sie gar nicht erst versucht haben, jemanden von Ihrer Unschuld zu überzeugen, ehe wir nicht selbst auf Donlons Selbstmord gekommen waren. Aber warum wollten Sie nur mit mir sprechen? Mit mir allein?«

»Auf diese Weise bleibt es unter uns beiden. Sie können die Sache offenlassen und ihre Leute nach und nach für andere Aufgaben abziehen. Dann gerät alles in Vergessenheit. Donlon ist tot. Es nützt niemandem, wenn jetzt noch viel Staub aufgewirbelt wird. Weder seiner Frau, noch der Polizei.«

Er betrachtete mich ganz erstaunt. »Haben Sie wirklich noch Verständnis für die Polizei? Ich hätte nicht geglaubt, daß Sie uns besonders mögen.«

Ich brauchte einige Zeit, bis ich antwortete. »Schließlich habe ich die Polizei nicht aufgegeben, sondern sie mich. In meinem beschränkten Bereich war ich, so bilde ich mir ein, ein ziemlich guter Cop. Ich hatte nie Grund, mich an der Polizei zu rächen. Und für das, was mit mir geschah, mache ich allein mich selbst verantwortlich. Wenn ich also dazu beitragen kann, daß der Polizei ein unverdientes blaues Auge erspart bleibt – warum nicht?«

»Das letzte Mal habe ich Sie falsch eingeschätzt, Tobin«, gab er zu.

»Dasselbe gilt für mich. Ich glaubte, Sie seien nichts weiter als ein schäbiger Revierpolitiker. Für diesen Schlag hatte ich nie Verwendung. Ich war der Überzeugung, Sie hätten mich nur vorgenommen, damit ich keine Steine in den Teich warf. Und das stieß mir sauer auf.«

»Haben Sie jemals versucht, Ihren Fall wieder zur Sprache zu bringen? Nach einer bestimmten Zeit könnten Sie doch Revision beantragen. Vielleicht werden Sie wieder aufgenommen.«

Ich schüttelte den Kopf. »Nein. Die Kommission hat damals ein endgültiges Urteil gefällt. Es wurde ausdrücklich festgestellt, daß eine Revision später nicht möglich ist.«

Er ließ nicht locker. »Diese Dinge müssen nicht immer so endgültig bleiben. Haben Sie nicht noch Freunde bei der Polizei?«

»Ich weiß, worauf Sie hinauswollen«, antwortete ich. »Und ich bin Ihnen für die gute Absicht wirklich dankbar. Aber wenn ich den Versuch unternähme, hieße das, mir wieder Hoffnung zu machen. Und das möchte ich nicht.«

»Warum nicht?«

»Sobald ich anfange zu hoffen, ist es aus mit mir. Würde mein Ersuchen dann zurückgewiesen, wäre ich ein toter Mann. Jeder Mensch baut sich seine Dämme und versucht dann, sich darin zurechtzufinden. Das war auch mit Donlon so. Seine Dämme brachen zum erstenmal, als er erfuhr, daß er unfruchtbar war. Er paßte sich an, richtete sich neue auf, aber auch die gaben dann nach, als er zum Mörder wurde. Diesmal ließ sich das nicht mehr reparieren. Dasselbe könnte mir geschehen. Ich bin einmal ausgestoßen worden und habe mich angepaßt. Dabei soll es bleiben. Alles andere ist mir zu gefährlich. Ich würde sonst anfangen, mit meinem Leben Vabanque zu spielen. Und die Art von Leben, die ich jetzt führe, ist mir immer noch lieber als gar keins.«

Er sah mich ziemlich lange schweigend an. Ich merkte, er war sich nicht im klaren, ob er mir weiter zusetzen oder mich in Ruhe lassen sollte. Erleichtert sah ich schließlich an seinem Gesicht, daß er sich für das letztere entschlossen hatte. Schließlich sagte er: »Na schön, Tobin, Sie müssen das selbst wohl am besten wissen.«

»Ja. Trotzdem vielen Dank.«

»Wenn Sie sich jemals anders besinnen, möchte ich gern, daß Sie sich mit mir in Verbindung setzen, ehe Sie etwas unternehmen.«

»Das werde ich, bestimmt«, versprach ich. Aber ich wußte, ich würde mich nie anders besinnen.

Er stand auf. »Ich glaube kaum, daß Sie hier noch länger bleiben wollen«, meinte er.

Gerade das hätte ich im Grunde gern getan. Für jetzt und alle Tage, wenn es sich hätte machen lassen. Aber ich hatte nicht den Mut, ihm das zu sagen, also stand ich ebenfalls auf, und antwortete: »Nein, Sie haben recht. Ich war jetzt lange genug hier.«

»Kommen Sie.«

Zusammen verließen wir die Zelle und kreuzten unten am Tresen auf, wo ich tags zuvor meine Sachen habe abgeben müssen. Die Anwesenheit des Captains beschleunigte den ganzen Vorgang, und ich kam viel schneller aus dem Bau, als ich hereingekommen war. Das ganze dauerte nur ungefähr zehn Minuten; dann standen wir zusammen am Ausgang.

Captain Driscoll schüttelte mir zum Abschied die Hand. Ich kam mir dabei etwas komisch vor. »Ich kann noch nicht sagen, ob wir die ganze Sache unter Wasser halten oder nicht«, erklärte er. »Das liegt an den höheren Instanzen. Wenn dort entschieden wird, daß es an die Öffentlichkeit kommen soll, dann müssen Sie damit rechnen, aussagen zu müssen.«

Insgeheim war ich mir ziemlich sicher, daß dies nicht der Fall sein würde. Wurde die Sache vertuscht, so schadete das jetzt niemandem mehr. Und auf der anderen Seite wäre nichts gewonnen worden, wenn man den Namen eines toten Polizeibeamten durch den Schmutz gezogen hätte. Natürlich mußten sie Donlons Selbstmord bekanntgeben, und jeder, der sich mit dem Fall befaßte, konnte ohne weiteres zwei und zwei zusammenzählen. Aber von da bis zur sechsspaltigen Schlagzeile der *Daily News* war es noch ein ganz schönes Stück.

Doch diese Gedanken behielt ich für mich. Captain Driscoll versprach ich, mich zur Verfügung zu halten. Dann verabschiedeten wir uns endgültig.

Draußen sah ich eine wohlbekannte Gestalt, die sich lässig an einen parkenden Streifenwagen lehnte: Hulmer. Er grinste mir fröhlich zu. Die Hitze war noch genauso niederschmetternd.

»Haben Sie hier etwa die ganze Nach gewartet?« begrüßte ich ihn.

»Ich rief vorhin Ihre Frau an«, antwortete er. »Sie war gerade informiert worden, daß Sie bald freigelassen würden. Daraufhin fragte ich beim Revier an, und als ich hörte, Sie wären noch dort, kam ich eben her. Ich sollte Sie doch nach Hause fahren, wissen Sie nicht mehr?«

Ich freute mich wirklich. »Hulmer, Sie sind schon 'ne Wucht.«

»Aber Mr. Tobin, nur nicht so vorschnell. Sie werden mir zu leichtsinnig.«

»Das kommt davon, wenn man sich mehrere Tage lang in leichtsinniger Gesellschaft herumtreibt.«

»Allerdings. Das Auto steht da hinten.« Wir stiegen wieder einmal in den alten Buick und machten uns auf den Weg quer durch Manhattan. Im Wagen war es wie in einem Brutkasten. Als wir an einer Ampel halten mußten, sah ich aus einer Querstraße ein vollklimatisiertes Taxi kommen. Der Fahrer hatte sein Jackett an und grinste genüßlich.

»Und was passiert jetzt?« erkundigte sich Hulmer.

»Nichts. Alles ist ausgestanden.«

»Alles? Haben sie endlich den richtigen Mörder?«

»Donlon hat sich selbst umgebracht.«

»Aber was ist mit ... Oh. Also war er ...«

»Ja. Aber wahrscheinlich kommt es nicht an die Öffentlichkeit«, erklärte ich.

Er grinste säuerlich. »Logisch. Bullen!«

Ich hätte ihm beinahe ein Plädoyer für die Polizei gehalten, aber das hätte sich aus meinem Mund wohl ziemlich albern angehört. Deshalb ließ ich es bleiben. Statt dessen bat ich ihn: »Würden Sie bitte Susan Thompson für mich anrufen und ihr ausrichten, daß der Mörder ihrer Schwester nun doch nicht heil davon gekommen ist?«

»Klar, wird gemacht. Soll ich auch mit Ralph reden?«

»Ach so, Ralph Padbury. Den hatte ich ganz vergessen. Lassen Sie das lieber Abe Selkin machen.«

Er lachte. »Mr. Tobin, Sie sind ein As. Sie haben den kühlsten Kopf in dieser ganzen verdammten heißen Stadt.«

»So kühl fühlt sich mein Kopf gar nicht an«, antwortete ich und wischte mir zum Beweis den Schweiß von der Stirn.

Als wir schließlich freiere Bahn hatten, wurde die Luft erträglicher. Nach einer Weile erkundigte sich Hulmer: »Was machen Sie denn jetzt, Mr. Tobin?«

»Duschen.« Natürlich wußte ich, daß er nicht danach gefragt hatte.

Aber er wiederholte seine Frage nicht. Den Rest der Fahrt unterhielten wir uns fröhlich über unverfängliche Dinge.

Als der Buick vor unserem Hause hielt, verabschiedete ich mich. »Es war wirklich nett, Sie kennenzulernen. Und vielen Dank fürs Bringen.«

»Ich fand es mit Ihnen auch prima, Mr. Tobin. Von jetzt an werde ich meine Polizeigeschäfte nur noch mit Ihnen erledigen.«

»Das ist ein Wort. Wiedersehen, Hulmer.«

»Bis dann, Mr. Tobin.«

Kate kam mir schon an der Haustür mit eisgekühltem Tee entgegen.

»Hast du letzte Nacht überhaupt geschlafen?« erkundigte sie sich besorgt.

»Viel zu viel.«

27

New York stöhnte noch zwei volle Wochen unter der Hitze. In dieser Zeit tat ich kaum einen Handschlag an meiner Mauer, höchstens einmal früh morgens oder spät am Abend, aber meistens vertrödelte ich meine Zeit drinnen in den beiden Räumen, in denen es zu einer Klimaanlage gereicht hatte.

Zwei Tage, nachdem ich entlassen worden war, rief mich Captain Driscoll an. Die Entscheidung war so ausgefallen, wie ich es erwartet hatte. Donlons Verbrechen wurde der Öffentlichkeit vorenthalten. Nur ein kleiner Kreis wußte von der Geschichte: die mit der Untersuchung beauftragten Beamten, ein paar vertrauenswürdige Reporter und die Betroffenen selbst.

Einen Tag nach dem Anruf von Driscoll bekam ich eine lustige Postkarte von Hulmer Fass. Es war eine Einladung, mich jederzeit im Ostblick-Café sehen zu lassen, ›auf Kaffee und Arsen-Einlage gratis‹. Ich raffte mich nicht zu einer Antwort auf. Auch im Ostblick-Café bin ich seither nie mehr gewesen, und von den jungen Leuten dort habe ich keinen jemals wiedergesehen.

Kate gegenüber konnte ich mich nicht dazu bringen, die Erlebnisse dieser Tage zusammenhängend und lückenlos zu berichten. Aber im Lauf der Zeit erfuhr sie doch alles Wichtige. Ihr großes Interesse machte mir wieder einmal nur allzu deutlich, wie einsam sie es bei mir hatte. Mein Schuldbewußtsein wuchs so sehr, daß ich danach eine Zeitlang Hemmungen hatte, überhaupt mit ihr zu reden. Aber auch das verging, und schließlich fanden wir wieder zu unserem alten Arrangement zurück.

Ich tigerte Tag und Nacht ruhelos durch das Haus, aber das war immer noch besser als der Brutofen draußen. Endlich kam der Wetterumschlag und brach der Hitze das Genick. Einen Tag lang goß es wie aus Kübeln. Die Welt draußen war dunkelgrau, das Hausinnere noch düsterer. Nur die Blitze brachten zeitweilige Aufhellung. Kate saß fast den ganzen Tag in der Küche hinter ihrer Kaffeetasse und starrte durch das Fenster hinaus.

Der nächste Tag war die Erlösung – sonnig, kühl und schön. Zwar war der Boden für die Arbeit an den Fundamenten der Mauer noch zu naß, aber ich konnte wenigstens aufräumen und die Grenzstöcke, die von den Fluten weggeschwemmt waren, neu setzen. Und am nächsten Tag, dem Dienstag fing ich dann wieder richtig an.

Aber auch das ging nicht allzu lange gut. Um halb eins kam Kate aus dem Haus. Sie sah etwas besorgt aus. »Mitch, Robin Kenelly ist da. Ihre Mutter auch.«

Ich sah aus meinem Loch auf. »Was wollen die denn jetzt schon wieder?«

»Robin ist heute morgen aus dem Krankenhaus entlassen worden. Mit den richtigen Medikamenten haben sie auch die letzten Gedächtnislücken weggekriegt. Die beiden sind da, um sich bei dir zu bedanken, Mitch.«

»Ich habe es doch nicht für sie getan.«

»Das glauben sie aber, deshalb wollen sie sich bei dir bedanken. Mitch, komm doch bitte, sie sitzen im Wohnzimmer.«

Ich sah sehnsüchtig auf meine Arbeit, aber ich wußte, es hatte keinen Zweck. Ich mußte ins Haus und mit diesen Leuten sprechen. Wahrscheinlich würden sie den ganzen Nachmittag bleiben.

Warum, verdammt noch mal, hatten sie nicht in der Hitzewelle kommen können?

Ich nickte Kate zu. »Na schön.«

»Robin hat gesagt, du müßtest dich selbst davon überzeugen, daß es ihr jetzt viel besser geht.«

»Schon gut, schon gut. Ich will mich nur schnell waschen.«

Kate wußte genau, daß ich es nur um ihretwillen tat, und das machte ihr Sorge. Aber sie ist nun einmal darauf aus, mich mit Leuten zusammenzubringen. Darum ließ sie diesmal auch nicht Gnade vor Recht ergehen.

»Wir sitzen im Wohnzimmer,« erklärte sie.

»Okay.«

Kate ging vor. Ich packte erst meine Werkzeuge weg, wusch mich dann in der Küche und folgte ihr ins Wohnzimmer. Robin sah wirklich besser aus als damals im Krankenhaus, aber noch lange nicht so gut wie bei ihrem letzten Besuch hier.

Ja, es wurde ein langer Nachmittag. Robin und ihre Mutter wollten unbedingt über die Morde reden. Ich selbst konnte mich gar nicht mehr an alle Einzelheiten erinnern, die sie hören wollten. Kate hatte sich das alles besser gemerkt. Sie sprang für mich ein und bestritt den Hauptteil der Unterhaltung, während ich dasaß und an meine Mauer dachte.

Erst am nächsten Tag konnte ich weitermachen.

Richard Hoyt

Denson

Ullstein Buch 10347

ein Ullstein Krimi

Das Mädchen stört.
John Denson, ehemals FBI, ehemals Pressemann, wollte sich nur ein paar Tage lang beim Angeln vom anstrengenden Leben eines Privatdetektivs erholen. Kein Sex, kein Crime. Doch Denson hat die Rechnung ohne das Mädchen gemacht, das kieloben mitten im schönsten Fischwasser treibt. Tot wie ein zu lange benützter Köderwurm. Natürlich kann Denson der Versuchung nicht widerstehen und macht sich auf die Jagd nach dem Mörder. Prompt gerät er in ein Mordkomplott von buchstäblich shakespearehaftem Ausmaß . . .

Richard Hoyt, eines der größten Talente des modernen amerikanischen Kriminalromans, legt hier seinen dritten Denson-Roman vor.

Robert B. Parker

Endspiel gegen den Tod

Ullstein Buch 10341

ein Ullstein Krimi

Der Baseball-Star Marty Rabb spielt nicht so gut, wie er könnte. Wird er bestochen? Oder erpreßt? Vorsichtig erkundet Spenser, Bostons bester Privatdetektiv, die Lebensgewohnheiten des Pitchers. Was haben er und seine Frau zu verbergen? Warum lügen sie über ihre Vergangenheit?
Spensers Suche nach der Wahrheit führt ihn quer durch die USA, in ein New Yorker Luxusbordell und zu den Kredithaien der Unterwelt. Und schließlich kommt es zu einem Pistolenkampf mit den Drahtziehern des Sportskandals.

»Der Autor ist ganz klar ein Erbe von Chandler und Hammett.«

Publisher's Weekly